国家出版基金项目
NATIONAL PUBLICATION FOUNDATION

十二五国家重点出版物出版规划项目

走向世界丛书

主编　钟叔河　曾德明　杨云辉

FROM EAST TO WEST

陈兰彬使美纪略
谭乾初古巴杂记

赖某深　校点

岳麓書社·长沙

本册总目

丛书新序□

钟叔河

二〇一三年十月

“走向世界丛书”一百种，只收晚清时期 from east to west（从东方到西方）的记述，这并不等于说，只有十九世纪末二十世纪初的中国人，才需要面对走向世界的问题。

纵观人类历史，走向世界决不是什么地区性和阶段性的活动，而是不断出现在全人类发展进步过程中并与之同步的历史现象。一百万年前，人类开始从非洲进入亚洲和欧洲，一万年前，又从亚洲进入北美洲和大洋洲，就是在不断地走向世界。

从有史以来的文献、文物看，三千多年前的《奥德赛》和《出埃及记》，说的是古希腊人和以色列人走向世界——走向地中海和巴勒斯坦。两千多年前的《史记》和《汉书》，写了张骞和后来汉朝“益发使”走向世界——曾走到罗马在西亚的边陲。一千三百年前的《大秦景教流行中国碑》、七百年前的《马可·波罗游记》和四百年前的《利玛窦中国札记》，记下了阿罗本、马可·波罗、利玛窦的 from west to east，这和 from east to west 一样，都是在走向世界。

人类曾因地理、种族、制度、意识形态等原因而互相分离，甚至隔绝。夜郎国的君长初见汉使时问：“汉孰与我大？”当是时，夜郎的世界僻处黔西，其“大”可知；连夜郎都未入版图，则汉之“大”亦远不如今之中国。但人为万物之灵，为了求生存谋发展，总不能老守着自己的一亩三分地，总会要想方设法走向世界——走向更广阔的外部世界。于是，汉要“通西南夷”，要前往原来“道险终不能有”的夜郎；夜郎要问“汉孰与我大”，要想改变原来“不知汉广大”的状况。由互相隔绝变而互相接近，互求了解，这就是走向世界。

走向世界，无论是自己走出去还是让别人走进来（总比让别人杀进来好），无论是主动的还是被动的，从总的历史进程看，用大的历史眼光看，都有利于发展，都是一种进步。对汉朝来说是如此，对夜郎来说亦是如此。两千年前是如此，两千年后亦是如此。上世纪七十年代末开始编辑出版“走向世界丛书”时是如此，如今来继续编辑出版这部丛书时亦是如此。

今天的中国已不再是七十年代的中国，虽然仍称发展中国家，经济总量却早已“超英”，正在“赶美”，但走向世界的路还“漫漫其修远”。时至现代，走向世界当然是要走向现代化的世界，也就是要高度现代化，全盘现代化。“四个现代化”的“四个”——工业、农业、科技和国防，已经“化”出了很大的成绩，而我们的管理现代化，我们的服务现代化，我们的制度现代化……要走的路的确还很长。

现代人走向世界，首先要使自己成为能接受全球文明，有世界知识，有世界眼光，有世界理想的人。“走向世界丛书”杰出的作者，如郭嵩焘、黄遵宪……又如邹代钧、金绍城……他们看到的新技术还是德律风（送话器和最早的手摇电话机）、火轮车（蒸汽机车）……我们如今却已经用上了智能手机、坐上了波音飞机……但在思想层面上，我（不敢称我们）反省自己的世界眼光和世界理想，甚至在世界知识的某些方面，比起一个多世纪以前的郭、黄他们来，差距实在还不小。在这方面，也就是人的现代化这方面，要走的路就更“漫漫其修远”了。

五年前北京奥运会的成功举世公认，它已经成为中国走向世界的一大标志。它的口号：

ONE WORLD，ONE DREAM

“同一个世界，同一个梦想”，这也应该是现代人走向世界的志向和目的，是我们继续编辑出版“走向世界丛书”的志向和目的。

丛书原序□

钟叔河

一九八〇年七月

人们常说，今日之世界，乃是一个“迅速缩小的世界”（rapidly shrinking world）。在电视卫星、激光通信和喷气式客机的时代，地球之上各地之间的距离，确实好像越来越短，人们相互间的接触和交流，也越来越方便和密切了。

可是，仅仅在几代人以前，异国还显得那样的离奇和遥远。古代欧洲人说，中国人用小米和青芦喂一种类似蜘蛛的昆虫，喂到第五年虫肚子胀裂开，就从里面取出丝来（Pausanias《希腊纪事》）。古代中国人则曾经相信，西方有种羊羔是从泥土里生长出来的，脐带还连着大地（《旧唐书·西戎传》、《渊鉴类函·边塞部九》）。这类海外奇谈，今天听起来简直不可思议，而在过去上千年中，却一直被当作可信的资料，记载在欧洲和中国的史书上。由此可见，人类文明的发展，经历了一条何等漫长曲折的道路。

为了探索和开辟外部世界，丰富自己的物质和精神生活，各国人民都作过许多贡献。人类文明史像叙说伟大的发明家和著作家一样，将永远铭记着张骞、玄奘、马可·波罗、哥伦布等不朽的名字。我们甚至可以这样说：一个民族从中世纪到现代的历史，也就是它打开眼界和走向世界的历史。

历史的发展从来是不平衡的。当黄河、长江已经哺育出精美辉煌的古代文化时，泰晤士、莱茵和密西西比河上的居民，还在阴暗的原始森林里徘徊。而自从地理大发现和产业革命以来，中国却相对地落后了。在西方实现资本主义的现代化以后，中国还是一个基本上同外界隔绝的古老国家。是鸦片战争打开了中国的大门，也打开了中国人的眼睛。人们称林则徐和魏源为清代最早“开眼看世界”的人，因为西方的坚船利炮打到中国来时，他们首当其冲，亲身感到这个世界在缩小，距离和壁垒再也不能将异国隔离开了。

过去时代的中国读书人，在“严夷夏之大防”的社会里度过了上千年。封闭的外壳被打破后怎么办？守旧派的办法是把脑袋钻进沙子里学鸵鸟，像慈禧太后的大学士徐桐，见到洋人就以扇遮面。就是这个徐桐，在庚子年间焚香叩请骊山老母下凡来“杀尽洋人”，结果骊山老母没有下凡，他自己的老命却白白送掉了。而林则徐和魏源则不同，提出要“师夷长技以制夷”，主张学习外国的长处，以对付外国的侵略。要学习，先得了解，于是林则徐编了《四洲志》，魏源编了《海国图志》。虽然他们未能亲身出国去考察，书的材料靠间接采辑而来，难免有许多谬误，但无论如何，地里长羊羔之类的神话毕竟不得不逐步让位给常识了。

林、魏之后，中国才开始有读书人走出国门，到欧美日本去学习、访问和工作。容闳、王韬、郭嵩焘、黄遵宪和严复等人，要算是最早的。接着出国的人渐渐多了起来，尽管其中不少是奉派而去的政府官员，但既然去了，就不会不接触近代—现代的科学文化和政治思想，也就不可能不在中国发生影响。

“走向世界丛书”专收一九一一年前国人亲历

欧美和日本的记述。自从一八四〇年鸦片战争失败那时起，先进的中国人，经过千辛万苦，向西方国家寻找真理。应该说康有为和在他之前的郭嵩焘、王韬、容闳等人，的确代表了近代中国向西方寻找真理的一派人物。当然，丛书所收的，也并不全属先进的人物的作品；但总而言之这些都是中国人从东方走向西方的实录，自有其文化的意义和历史的价值。

必须指出的是：从鸦片战争到五四运动这一历史时期中，西方国家虽在许多方面比中国先进，值得中国人学习，但国家利己主义的本质，却总是要压迫剥削比他们落后的民族的。中国人走向世界、接触西方，既有一个学习外国长处的问题，又有一个抵抗外国侵略的问题，盲目排外和盲目崇外都是错误的。对于某些作品中不免流露的这类观点，我们将在为各书撰写的叙论中，适当地作些分析，供读者参考。

“洋为中用”是我们今天的主张，也是十九世纪先进的中国人的主张。“师夷长技以制夷”，不就是“洋为中用”吗？当然，随着接触和认识的逐步深入，人们慢慢地看出：仅仅学一点“长技”，搞一点坚船利炮，还是不行的；要救国，只有维新，维新行不通，就只有革命。伟大的革命先行者孙中山，用他自己的话来说，也是在一八七八年出国以后，“始见轮舟之奇、沧海之阔，自是有慕西学之心，穷天地之想”，才树立了推翻清朝建立民国的大志和信心。历史无情亦有情，后人的思想和事业肯定要超越前人，但前人的足迹总可以留作后人借鉴，先行者总是值得纪念的。

今天的世界已不是十九世纪的世界，今天的中国更不是清朝末年的中国。今日之中国，已经逐渐以现代的面貌，出现在世界的东方。但是，世界的进步越来越快，中国的经济和文化等许多方面还需要不断地发展和提高；这就必需继续打开眼界、走向世界。打开眼界以后，还要学会分析，分清好的和坏的。一切好的东西，要拿来为我所用；一切有害的东西，要实行抵制和预防。在这方面，前人的经验和教训，有一些也仍然值得我们注意。

谨将这套丛书奉献给爱好历史和文化、关心中国和世界的读者，希望它能在中国现代化的过程中，起到一点微薄的作用，是为序。

丛书凡例

（一）“走向世界丛书”一九八六年前已刊三十五种，二〇一五年起仍按原定一百种的计划继续刊行，仍然专收现代以前用文言写作的国人考察西方（含开国后的日本）的记述，仍以亲身经历、直接闻见者为限。

（二）丛书按作者出国年月排列次序，尽量单行，即以一种为一册；只有字数过少无法单行者，才以两种或数种合订成册。合订本尽可能以类相从，按第一种出国年月排序；其各种均在封面列出书名，书脊则只列出第一种书名，并在其下注明“等几种”（另有附录者则注明“附几种”）。

（三）每种（册）书前，均由编校者撰写导言（叙论），介绍作者有关背景和书中重要内容，酌加评论分析，以供读者参考。

（四）丛书均经编校者校订，标点分段，并加边批。边批的内容主要包括三个方面，兹以《随使德国记》为例，举示如下：

1. 标题、提要和说明，如"星使由苏州来"、"普鲁士分一十二省"、"演八十日环游地球的故事"、"如夫人即赛金花"、"'人工'今皆称工人"。

2. 书中较重要的译名（加括弧注出原文或今译），如"德璀琳（Detring）"、"毕驷马（俾斯麦）"、"布莱门（不来梅）"、"德利风（电话）"。

3. 原文的订正和存疑，如"'公司船'原无船字"、"'骁勇'原作'骑勇'"、"'薛福成'成字原作辰"、"奥京立斯本应是维也纳"。

（五）每种书后，均附人名索引，人名依首字笔画和一丨丿丶乚排列，按年、月、日三节数字查检（正文单页码下均有年、月、日三节数字备查)。如德璀琳之“德”字为十五画,于索引“十五画”内检得其名下首列“13,8,17”,查正文“13,8,17”在P.3下,即可在P.3上找到(光绪十三年八月)十七日“乘肩舆往拜税务司德璀琳”的记载。

(六)每种书后,一般附有译名简释(今昔译名对照,必要时并加说明),亦依首字笔画和一丨丿丶乚排列。如“卜兰墩浦 Brandenburg,勃兰登堡”,又如“勺勾腊 chocolate,巧克力”。

(七)人名索引和译名简释的条目,并不限于边批中所举者;边批中所举者,则必皆收入索引和简释。

(八)人名索引按年、月、日三节数字查检,其原书不著年、月、日者,则按篇章序号或页码查检。

(九)原文因排印(抄写)而出现的明显的文字错误径予改正,不在边批中出注。

（十）原文中同一外国地名而作者译法多样，如缪祐孙《俄游汇编》中“彼得堡”就有“比得堡”“彼德堡”等异文，“莫斯科”也是如此。此种情形，无碍阅读，故一仍其旧，不作统一。

（十一）原文中之统计数字均一仍其旧。少量表格中之统计数字，为方便读者阅读，改为阿拉伯数字。个别已经失去时效、并无参考价值的资料，则在说明情况后予以删去。

（十二）丛书均以简体汉字印行；除总序、凡例外，编校者所作导言（叙论）、边批、索引中涉及的数字均按现行规定采用阿拉伯数字。

叙论：晚清关于美国与古巴的早期记录□

赖某深

陈兰彬的《使美纪略》

在晚清中国走向世界的征程中，派遣幼童赴美留学以及驻外使节是至关重要的一环。时代的风云际会把一个从广东偏远乡村走出的翰林推向了历史的风口浪尖，他就是担任首任留美学生监督以及首任驻美公使的陈兰彬。

作为一个洋务大员，他不如封疆大吏曾国藩、李鸿章、左宗棠位高权重，影响深远；作为一个驻外使节，他不如郭嵩焘、曾纪泽名扬中外；作为留美学生监督，他的所作所为饱受争议。但是他在洋务运动中的真知灼见，他在留学教育事业上的深刻教训，他在维护海外华人权益上的据理力争，他在中美外交史上的开创之功，是不应被世人忘记，也是无法忘记的。

翰林出身的洋务大员

陈兰彬（1816—1895），字荔秋、丽秋，又名均畹，广东吴川人。出身书香门第，祖父、父亲均为宿儒，饱读诗书，并且乐于助人，热心公益事业，这不能不对他有潜移默化的影响。吴川文风鼎盛，诸多文人墨客和其家有密切来往，道光初年的状元林召棠，可谓陈兰彬的忘年交，他时常和陈兰彬诗书往还，至今陈兰彬家乡还留下了两人交往的墨迹。林召棠曾赠陈兰彬两副对联："欲就功名须立品，能明理义即端仁"，"观天地生物气象，学圣贤刻苦功夫"（黄志豪主编《吴川古今对联选》第41页，香港：中国文化出版社2007年版），可见期许甚高。

陈兰彬幼时聪颖，有"神童"之称，不仅文章写得好，诗词歌赋亦很在行。18岁中秀才，22岁中拔贡，拔贡又称"优贡"，是科举制度中由地方贡入京师国子监生员之一种，由各省学政从生员中考选，保送入京，作为拔贡。经过朝考合格，可以充任京官、知县和教职。但此后仕途并不顺利，用陈兰彬的话说是"累困名场，犹縻畋业"（《重次千字文》，载《晚清洋务运动事类汇钞》，上册，第69页，北京：中华全国图书馆文献缩微复制中心1999年版）一直到咸丰元年（1851）35岁时才中举人。不过此后一帆风顺，37岁即中进士。

和死读书的儒生不同，青年时期的陈兰彬颇为讲究经世致用之学，经常游览长城内外，名山大川，足迹遍布大江南北，时人记载：

> “自诸生时，即务经世之学……游秦晋，涉关陇，潜心于古今兵事得失之故，及山川厄塞之要。”（朱祖谋《总理各国事务大臣都察院左副都御史兼署礼部左侍郎陈公神道碑》，载《清代碑传全集》下册，第 1720 页，上海古籍出版社 1987 年版）
>
> “副宪壮年好奇，尝匹马游青海，踏冰至龙驹岛，居喇嘛寺数日云。”（薛福成《庸庵笔记》卷三《四千五百馀年元鹤》）

早年壮游经历，对其日后远渡重洋，完成外交使命当有深远的影响。

咸丰三年（1853），37 岁的陈兰彬考中进士后，被钦点为翰林院庶吉士，充任国史馆纂修，不久改任刑部候补主事。1858 年，经两广总督黄宗汉奏调，以刑部主事身份回广东办理夷务，这是他涉足对外交涉之始。

同治七年（1868），曾国藩由两江总督调任直隶总督。次年正月，陈兰彬由曾国藩奏调入幕，从此进入曾国藩幕府担任幕僚。在《直隶请调人员清单》中，曾国藩是这样介绍陈兰彬的：

> 刑部员外郎陈兰彬……该员学优识正，练达时务，拟仍带至直隶襄办一切，请旨一并饬下该部查照办理。（《曾国藩全集》奏稿十，第 6190 页，岳麓书社 1994 年版）

二月十八日（1869 年 3 月 30 日）陈兰彬到直隶总督府报到，接下来几天的《曾国藩日记》中都谈及与陈兰彬的接触：

二月十九日（3月31日）记：至幕府与陈荔秋等久谈。

二月二十日（4月1日）记：将陈荔秋所送之陈兰甫澧著《声律通考》一种，《汉书·地理志水道图说》一种，略一翻阅，服其精审。

二月二十二日（4月3日）记：申初至陈荔秋处一谈。

三月初一日（4月12日）记：至幕府陈荔秋等久谈。

与曾国藩频繁会面及“久谈”，说明曾国藩对他的赏识和器重。对于曾国藩的知遇之恩，陈兰彬一直铭记在心。曾国藩去世后，陈兰彬为曾国藩写祭文，谈及曾氏提携、重用自己的经历，追述往事，感怀至深，文末引用袁枚为《尹文端集》作的序文“知我一生，报公千古”，感慨“兰彬将何以报公耶”?（《大界曾氏五修族谱》一，第360—361页，北京：中华全国图书馆文献缩微复制中心2002年版）

进入曾国藩幕府后，陈兰彬主要参与了清理直隶积案、在直隶南部赈灾、参与处理天津教案、任江南制造局总办等工作。

由于吏治腐败，战争连年，民事刑事案件无人处理，到同治八年（1869）三月底止，直隶积压的同治七年以前的案件多达一万二千馀件。陈兰彬曾任刑部主事，对审理案件有丰富的经验，是曾国藩奏调陈兰彬的原因之一。到任后陈兰彬调阅案卷、认真审核、不避权贵，迅速结清了旧案，使一些冤假错案得到昭雪。在清理积案的过程中，他深深感到，近来大患就在“仕途”，官场风气太坏，江河日下，忧虑“劫运或开，亦未可定”，只有大力整顿吏治，官员“勿徇己私，慎惜名器”，才能挽回颓势，民风和社会风气才有可能好转：

> 封疆大吏能专拔用安静悃愊之吏，与民休息，藏富于民，使民不轻去其乡，治象渐成矣。迩来大患方在仕途，嚣竞相习成风，草野细人亦皆谓徒步可致将帅公卿，或图保，或图捐，或捐保之后于京外改图捷径，遂致纷纷浮动，杂乱无章，笑骂由他笑骂，好官还我做之，不复知人间无羞耻事。江河日下，劫运或开，亦未可定。是在京外大老勿徇己私，慎惜名器，俾百姓见官绅可重可敬，外夷亦不致谓中国官绅可轻可鄙，挽颓波而培元气，庶有豸耳。（《陈兰彬致朱学勤手札》，载《历史文献》第5辑，第167页，上海科学技术文献出版社2001年版）

同治九年（1870），直隶南部旱灾严重，曾国藩委派陈兰彬等人前往赈灾。事前他阅读相关资料，摘抄当地灾荒和赈灾的资料二十馀页，交给曾国藩。他意识到自古以来的赈灾很难做到灾民“无一夫不被其泽者”，但要尽量做到“惟赈钱务使一一散在贫人身上”，为防止贪官污吏借赈灾中饱私囊，他设想“核册绝不经胥吏之手，下乡不带差役”（《陈兰彬致朱学勤手札》，载《历史文献》第5辑，第169页）。他深入灾区，了解灾情，体察民情，妥善发放救灾款项，救活灾民数十万，缓解了灾民的困苦，赢得了民心，也获得了曾国藩的赏识和赞誉。

同年发生天津教案，法国领事丰大业被杀，法国趁机对清政府进行讹诈，英、美、法等七国军舰集结天津、烟台一带对清政府施压。七国公使还联名照会清政府表示抗议，提出“抵命”“惩凶”“赔款”“道歉”“驻军”等无理横蛮要求。曾国藩临危受命，前往处理。曾国藩深知这是一桩棘手的教案，此去凶多吉少，行前特意立下遗嘱，遗嘱中称“余此行反复筹思，殊无良策”，“今老年病躯，危难之际，断不肯吝于一死”（梁勤主编《曾国藩与天津教案》，呼和浩特：远方出版社2002年版，第1—2页），其矛盾、痛苦、彷徨的心态，表露无遗。作为曾国藩的幕僚，陈兰彬也前往天津协助办案。陈兰彬是反教的，他认为，“传教一事用计至毒，适值正学不倡，士气不振，人心好异贪利，遂致邪教浸广，病将入于膏肓”（《陈兰彬致朱学勤手札》，载《历史文献》第5辑，第167页）。针对法国的战争威胁，陈兰彬认为法方力量不足，不可能开战。据王之春《防海纪略》记载：

> 曾公幕中有广东陈主事兰彬者，谙习洋人情事，数言法国巡海兵船不过二十号，到津者只四五号，计壮兵不上二千外，有驻防越南兵三千人，一时难以调离，其本国之兵去中国尤远，即能调至须待明年，且法国为布鲁（指普鲁士，1870年爆发普法战争）所败，自守不遑，何能与我构衅？（王之春《防海纪略》，光绪六年上洋文艺斋刻本，第33页）

然而陈兰彬等人的看法并未引起重视，最终曾国藩还是屈从于内外压力，以捕杀爱国群众、充军与此案有牵连的地方官吏、赔款与修造教堂的惨痛代价，解决了这桩教案。

一波未平，一波又起，天津教案尚未处理完毕，两江总督马新贻遇刺，朝廷命曾国藩接任两江总督，陈兰彬随同曾国藩南下，出任江南制造局总办。在《奏带陈兰彬到江南办理机器片》中，曾国藩高度评价陈兰彬："该员实心孤诣，智深勇沉，历练既久，敛抑才气，精悍坚卓，不避险艰，实有任重致远之志。"如此向朝廷隆重推荐一个幕僚，这在曾国藩奏折中并不多见。还提及江苏巡抚丁日昌一再建议派遣留学生"赴泰西各国书院及军政、船政等院，分门学习"，"使西人擅长之事，中国皆能究知，然后可以徐图自强"（《曾国藩全集》奏稿十二，第7133—7134页，岳麓书社1994年版），而携带留学生到外国学习，陈兰彬和容闳都可胜任。这为两年以后陈兰彬携带幼童赴美埋下了伏笔。

长期从事洋务，使陈兰彬视野更为宽广，洞察时局更为深刻，观察和分析问题具有独到见解：

他分析中西差距："中国大计，在兵与农"，"西人大计，在兵与商"。"且彼上下同心，群讲究军国重务，一切常若沛然有馀；中国则习虚意虚文，第以名利羁縻，绝少忠诚孚结，遇事欲求满腔热血、忘私忘家、同顾大局者，殆不易得，殊堪浩叹！"（《陈荔秋来函》，载《晚清洋务运动事类汇钞》，上册，第62页）对中国存在的积弊，批评可谓一针见血。

他时刻关注列强的对外扩张及对中国的侵略野心，对中国面临的险恶局势忧心忡忡："现计俄国横亘六七万里，英国辟地遍四海，布国（普鲁士）崛兴边陲，皆有雄视八方之志。法虽丧败，意气仍傲睨不群。日本方追逐其间。美与高丽又见仗矣。我之属国……悉有西人占居地方，多者近千里，少者百数十里。英人仍刻刻图谋，欲由印度开路，北通后藏，东通滇蜀。每念及此，耿耿杞忧，曷其有极！”（《陈荔秋来函》，载《晚清洋务运动事类汇钞》，上册，第62—63页）

他提出要经营南洋各岛，具体建议是“俟兵轮船出洋后，以巡历为名，往觇虚实，再行定夺”，李鸿章对此建议评价甚高，认为，“所议南洋诸岛，收之可为我用，诚有远见”（《李鸿章全集》第六册，长春：时代出版社1998年版，第3514页）。一百多年前，就看到南海的战略价值，主张收复、经营南海岛屿，不能不说是远见卓识。

他坚决支持轮船招商局事业的发展。轮船招商局成立后，遭到一些守旧官员的反对，说轮船招商局“办理毫无实济”，应该“认真整顿”（赵尔巽《清史稿》第2484页，民国十七年清史馆铅印本）。陈兰彬则认为轮船招商局的成立是“中外大局一关键”，“于中外大局大有裨益”，历数轮船招商局成立的七大利益，诸如打破外商垄断中国航运业的局面，可以迅速调运粮食和兵力，轮船招商局的船只平时用于运输战时可作兵舰，可以安插到西方学习海军的留学生以为水师储备驾驶人才……（中国史学会主编《洋务运动》第6册，第9—11页，上海人民出版社1961年版）奏上，慈禧太后认为“所奏不为无见”，令李鸿章等人“体察情形，悉心会商，妥筹办理”

(《清实录》第52册，德宗景皇帝实录一，北京：中华书局1987年版，第591—592页)。

由上可知，陈兰彬虽然是翰林出身，饱读儒家经典，但头脑并不冬烘，更非保守守旧之辈。曾国藩幕府的历练以及长期接触洋务，使他具有过人的见识，也具备了对外交涉的才干。

三度走向世界

在嘉庆八年（1803）所刊行的一部书里，缪艮发表了他的《四十二愿》，第十一愿是：“出使外都，遍历异域。”（《文章游戏》初编卷四）这个善于作游戏文章的寒士可能是清代要出洋当外交官的第一人。在国门被西方列强打开之前，他就有那个愿望，可说是时代的先驱者了。七十多年后，翰林出身的陈兰彬真的“出使外都，遍历异域”，三度走向世界，足迹遍及亚洲、欧洲和美洲。作为首任驻美学生监督，他是留学教育事业的开拓者；作为古巴华侨案件的查办者，他是维护海外华人权益的先驱；作为首位驻美公使，他是中美外交关系的开拓者。下面分而述之。

（一）首任驻美学生监督，毁誉参半

1872年9月15日的《纽约时报》刊载了一条《清国留学生抵达旧金山的消息》：

> 旧金山，8月13日电
>
> 昨天到达这里的三十名清国学生都非常年轻。他们都是很

勤奋和优秀的小姐和绅士，容貌俊秀，要比任何在这以前曾到美国访问过的清国人都好看得多。有三名身为清国官员的老师陪同着他们……（郑曦原编《帝国的回忆——〈纽约时报〉晚清观察记》第85—86页，三联书店2001年版）

这条新闻透露了一些重要信息，但是这位记者先生看走了眼，竟然把戴着辫子的少年误以为“小姐”，而且把陪同幼童赴美的四名清朝官员说成是三名。在这四名官员中，就有受任为驻美出洋肄业局第一任监督的陈兰彬。为何一个没有到过美国、洋语洋文一无所知、年纪又已五十六岁的体弱多病者被挑选为首任驻美学生监督？当年由李鸿章草拟、曾国藩联名上奏的《派员携带幼童出洋并应办事宜疏》这样写道：

伏查挑选幼童出洋肄业，固属中华创始之举，抑亦古来未有之事。所有携带幼童委员，联络中外，事体重大，拟之古人出使西域，虽时地不同，而以数万里之遥，需之二十年之久，非坚忍耐劳，志趣卓越者，不足以膺是选。查有奏调来江之四品衔刑部候补主事陈兰彬，夙抱伟志，以用世自命，挹其容貌，则粥粥若无能，绝不矜才使气，与之讨论时事，皆能洞烛机微，盖有远略而具内心者。

上文包含三层意思。第一，派遣幼童赴美留学是“中华创始之举”，“古来未有之事”，是前无古人的开创事业。第二，携带幼童赴美堪比“古人出使西域”，路途遥远，旷日持久，不是“坚忍耐劳，志趣卓越”的人难以胜任。第三，陈兰彬“夙抱伟志，以用世自命”及其能洞烛时事、具有远见卓识的素质有助于他完成这一使命。文中将派遣幼童赴美留学的重大意义及挑选陈兰彬为留美学生监督的原因说得很透彻。奏疏中还这样介绍容闳，“该员练习外洋风土人情，美国尤熟游之地，足以联外交，而窥秘钥”，因此请求朝廷“饬派陈兰彬为正委员，容闳为副委员，常川驻扎美国，经理一切”。（中国史学会主编《洋务运动》第 2 册，第 850—851 页）

在李鸿章看来，陈兰彬“老成端谨，中学较深”，容闳“熟谙西事，才干较优”，两人各有所长，相互搭配，可以取长补短。而在容闳看来，这种搭配，是为了减少阻力，使留美计划能顺利推进。然而事与愿违，幼童留美计划半途而废，原来预计留学十五年，结果至光绪七年（1881）便被撤回。幼童在美时间最长的只有九年，最短的仅六年。由于留学事业的失败，容闳将一腔怒气都发泄在陈兰彬身上，“盖陈之为人，当未至美国以前，足迹不出国门一步。故于揣度物情，评衡事理，其心中所依据为标准者，仍完全为中国人之见解。即其毕生所见所闻，亦以久处专制压力之下，习于服从性质，故绝无自由之精神与活泼之思想”。“平素对于留学事务所，感情极恶。即彼身所曾任之监督职务，亦久存厌恶之心……盖陈对于外国教育之观念，实存在一极端鄙夷之思也”（容闳《西学东渐记》第 136—137 页，岳麓书社 1985 年版）。因《西学东渐记》流传甚广，陈兰彬思想保守、观念落后的形象遂成为定论，以至于多年后美国“中国通”费正清的著作《美国与中国》仍将陈兰彬称之为“迂腐学究”，

“他的任务是保证学生不因为与西方接触而败坏他们的儒家道德”（《美国与中国》，张理京译，北京：世界知识出版社2000年版，第185页），和容闳的说法如出一辙。陈兰彬成为留美幼童事业失败的替罪羊，被钉在了历史的耻辱柱上。其实这都是对陈兰彬的偏见，不仅不符合实际情况，并且和曾国藩、李鸿章对陈兰彬的评价相去甚远。

实际上，陈兰彬担任留美学生监督（正式称呼是出洋肄业局监督）的时间是在同治十一年八月（1872年9月）至同治十三年（1874）冬，而留美学生撤回是光绪七年（1881），当时担任留美学生监督的是吴嘉善，因此陈兰彬不应当对留美学生撤回负有主要责任。

陈兰彬的问题主要是过分强调中学的重要，没有摆正中西学的位置，导致和副手容闳的矛盾隔阂。本来在出国之前，曾国藩就提醒陈兰彬，挑选幼童时就要选中学基础好的学生，到美国后就“只宜专学洋学”，“未可因兼课汉文而转荒洋业也”（《曾国藩全集》书信十，第7362页）。应当说这是一个很好的忠告。其后的曾纪泽也主张：“先择俊慧子弟于中国书院中讲求学问，中西并务稍有成就，然后遣赴外洋，乐育人才而节省经费，似属可久之策。”（《曾惠敏公使西日记》，光绪十九年江南制造局版，第12页）也就是说，先让学生在国内打好中西学的基础，再派遣出洋，这比到国外去补习汉文，自然节省经费，事半功倍，也是留学事业的长久之计。

除此之外，幼童在美国学习和生活，天长日久，耳濡目染，从语言到生活习惯以至信仰势必“西化”，遭到顽固派的攻击，在所难免，也是留美幼童中途撤回的重要原因。出国之前，洋务派思想家、同为曾国藩幕僚的薛福成便忠告陈兰彬：“先生所携皆童子，童子志识未定，去中国礼义之乡，远适海外饕利朋淫腥膻之地，岁月渐渍，将与俱化。归而挟其所有以夸耀中国，则弊博而用鲜。为之傅者，其必有逆睹其弊而善为防闲者耶?”（《赠陈主事序》，丁凤麟、王欣之编《薛福成选集》第46—47页，上海人民出版社1987年版）薛福成的担忧不无道理，而陈兰彬对幼童“但要思出洋本意，是令尔等学外国工夫，不是令尔等忘本国规矩……若任意将规矩变更，将来到家，如何处群和众”（张海林《王韬评传 附容闳评传》，第431页，南京大学出版社1993年版）的谆谆告诫，并没有错。

幼童留美事业功亏一篑，最为惋惜和愤慨的是诗人、外交家黄遵宪，他作五言长诗《罢美国留学生感赋》：“郎当一百人，一一悉遣归……矧今学兴废，尤关国盛衰。十年教训力，百年富强基。奈何听儿戏，所遣皆卑微……坐令远大图，怀以意气私……蹉跎一失足，再遣终无期。目送海舟还，万感心伤悲。”（黄遵宪著，钱仲联笺注《人境庐诗草笺注》第113—114页，香港：中华书局1963年版）

数十年后，曾在日本、英国、德国留学多年，也是毛泽东最尊敬的师长杨昌济，一再指出，派遣留学生一定要慎重，青年学生出国之前，必须具有本国语言文字和本门学科较好的基础知识，“大凡游历外国，非通其语言之难，而通其学问之难，仅熟于西人之语言文字，非必可语于西人之学。同一居留外国也，学有素养者，其所观察必有独到之处，其所考究必非肤浅之事。观国之识，在于夙储，吾意深通中学之人，联袂西游，以宏远识”（王兴国编《杨昌济文集》第 199—200 页，湖南教育出版社 1983 年版）。如果本国文化功底不深厚，纵令将外国语言文字学得很熟，能与西人对答如流，“将来学成归国，乃全然一外国人，将不能有中国人完全之资格”（王兴国编《杨昌济文集》第 58 页）。杨昌济的留学观，是颇为耐人寻味的。

留美学生中途撤回的原因非常复杂，非三言两语能说清楚。随着今天留学生的日益低龄化，如何摆正中西学的位置，如何避免留学生西化，尤其是防止某些留学生养成崇洋媚外之风，“归而挟其所有以夸耀中国”，依然是困扰人们的难题。

（二）查办古巴华侨案件，可圈可点

详见后文《古巴杂记》部分，此处不赘。

（三）首任驻美公使，开创有功，拓展无力

虽然英美等国早就向清王朝提出向外国派遣使节的建议，美国在 1862 年便已派出驻华公使。但清王朝却迟至光绪元年（1875）才派遣第一批驻外公使，这一年，“郭嵩焘使英，兼法、义、比，陈兰彬使美，兼日、秘。是为中国遣驻使之始”（刘锦藻《清朝续文献通考》第5597页）。不过和其他国家不同的是，清王朝早期遣使具有两个特点：一是采取兼使制，就是说一个使节兼数国使臣。二是采取正、副公使制，正职由翰林兼任。按国际惯例，任何国家的常驻使节只有一个，中国偏偏两个。驻英公使郭嵩焘、副使刘锡鸿；驻美公使陈兰彬，副使容闳。清王朝的想法是成对派遣公使，便于相互监督，以利于朝廷的控制，但不过是人为地制造一些矛盾，弄得正使、副使不和，更因不符合国际惯例，徒然留下了笑柄。

作为清王朝第一批驻外公使，陈兰彬1875年12月（光绪元年十一月）受命出任驻美公使，但到1878年才成行，至1881年卸任，为时不过三年。在任期内，陈兰彬恪尽职守，不辱使命，着重做了以下三件事。

第一件是在华人聚居的地方设置领事馆。《清史稿》载，“（光绪）四年，出使大臣陈兰彬等莅美呈递国书，旋请设领事，言华人侨美国各州约二十馀万，不设领事无以保护华民，奏入，许之”（赵尔巽《清史稿》第2564页）。担任驻美公使的当年，陈兰彬就在美国旧金山设立第一个领事馆，任命陈树棠为总领事官，还聘请了一个美国人傅列秘为领事。在《使美纪略》中，陈兰彬称赞傅列秘“凡遇华人有事，辄肯挺身到官，设法排解，诚异乡之朱、郭也”。把傅列秘看作是中国古代行侠仗义的朱家、郭解一流人物。任命外国人为领事，在西方外交史上并不少见，但在中国外交史上，却开了一个先河。领事馆设立后，成效明显。1880年，在中国工作的美国传教士丁韪良回国途经旧金山，比较旧金山领事馆设立前后的变化，他指出，领事馆设立之前，华工即使有冤屈，由于“言语隔绝，难以申诉，而竟成为无告之民”，领事馆设立后，“华工之困始苏，凡有屈抑者即由领事转移地方官为之平反”（【美】丁韪良《西学考略》第4页，光绪九年同文馆铅印本）。

第二件是阻止“十五名旅客”议案通过。“十五名旅客”议案又称“限制华人向合众国移民”议案。1879年1月28日，民主党议员威利斯在众议院宣读此议案，内称：任何船只均不许从中国的港口或其他任何地方载运十五名以上的华人前来美国；违者将被判罪，每超过一名这类旅客罚款一百美元，并监禁六个月；受此类处罚的船主必须提交所有华人乘客名单，当局有权扣押受处罚的船只。这份议案在众议院获得通过。当参议院正在辩论这一议案时，陈兰彬和容闳采取了积极的行动。他们会见了美国国务卿，严正指出议案与《蒲安臣条约》的自由移民条款相违背，是对中国的侮辱，所使用的语言“无礼和粗俗”，美国如此粗暴对待在美华人，是否考虑到中国如何对待在华的美国人。两位公使还强调，如果议案通过，中国政府将采取激烈的回应。最终美国总统否决了这份参议院通过的议案。但是“十五名旅客”议案被否决并不等于美国改变其排华政策，1882年美国国会通过了第一个排华法案，这是一个臭名昭著的法案，从此美国排华更加变本加厉。

第三件是丹佛事件交涉。1880 年 10 月 31 日，美国科罗拉多州丹佛市发生爱尔兰移民针对华人的暴乱事件，导致一名华人被杀，数十人受伤，财产损失达五万美元。事件发生后，陈兰彬一面派人前往现场调查，一面与美国政府严正交涉，先后三次照会美国国务卿，要求美方采取措施，保护华人生命财产安全，惩办凶手，赔偿损失。但美方却不顾条约义务和基本的道义准则，或避实就虚，或无理狡辩，或搪塞推诿，最后竟然蛮横无理地拒绝了陈兰彬的合理要求。交涉以中方的失败而告终。

陈兰彬在驻美公使任上，在处境极为艰难的条件下，积极运用条约和国际法，与美国政府交涉，为保护在美华人呕心沥血，为维护中国国家利益殚精竭虑，其开创之功，不可抹杀。由于清王朝国力衰弱，由于美国采取严厉的和强硬的排华措施，由于第一批外交使节还缺乏外交经验，一切尚处于摸索之中，其拓展无力，其收效甚微，也就是必然的了。

对美国的观察和思考

按照总理衙门的规定，出使各国大臣都要撰写日记，以便了解西方各国的内政外交情况，做到知己知彼，正确应对。驻美公使也不例外，但陈兰彬毕竟是六十二岁的老人了，身体又不好，出国之前在上海大病了一场，加上不懂英语，到美国后，一些参观应酬活动并未参加，都是派随员出席，陈兰彬坦陈，自出使美国以来，“夙昧洋文洋语，见闻未审，亦难遽笔于书，数月来缀述寥寥，因取陈郎中嵩良、曾主事耀南、陈丞善言、蔡丞锡勇数人所散记合并参订，存兹崖略”（引自《使美纪略》，以下除特别注明者外，均同），由此可知，《使美纪略》成于众手，并非其一人的著作。

《使美纪略》为日记体，起自1878年3月1日（光绪四年正月二十八日）领取国书，止于同年10月1日（九月初）在华盛顿递交国书后拜会各国驻美公使。日记的内容大致有：关于美国的领土，美国分为三十七邦（今称州），十个属地，二个部落。关于美国的政治制度，书中语焉不详，甚至还有错误，如说“上议院（今称参议院）每邦两人，共计七十六人”，按作者所说美国当时三十七邦，上议院应当是七十四人。关于文化教育方面，只是简单地提到美国几所著名的大学，至于这些大学的历史、学科设置、专业特色均付之阙如，唯一详细记载的是纽约的王家书院，但也只限于学生人数、学生不同年龄段所学课程等内容，给人印象较深刻的是记载哈特福德的一个书院所学科目“均列图备物，口讲指授，不独架有其书，徒供耳食”，想必作者写这番话时，不由自主地与国内死记硬背、从书本到书本的教育方式进行了一番对比，从而对美国重视实验课程、注意培养学生的动手能力非常羡慕。关于市政建设方面，记旧金山“街道宽阔，形如棋盘”，纽约“街道宏敞，屋宇华丽”，还对“白屋”

(今称“白宫”，总统府)和“议政院”(国会)建筑进行了绘声绘色的描写。关于民风习俗方面，记载西方的婚姻制度是“西俗男子不娶两妇”，这和中国盛行的一夫多妻制不同；记美国的丧葬制度是，“据称，国例：葬地须由官择定，不产煤、硫、五金，始指给人丛葬而取其值，又不立茔兆坟院，葬时亲朋人等各用生花供献，掩土后子孙多不过问，其拈花到坟泣供者间或有之，则夫妇情重者也”；对美国盛行的赛马活动也进行了浓墨重彩的记述。另外对美国的许多新奇事物如保险公司、免费穷人院、疯人院、女子书院、陪审团专用女人有所记述，但都是三言两语，不知其详。

《使美纪略》的价值，最值得关注的有三点。

第一，对十九世纪中叶世界各国的科技发明特别关注，尤其对美国的科技发明进行了细致的描述。当时的美国科技发明众多，经济发展迅猛，可谓一日千里：1830年代发明铁路，开始火车运输。1830—1850年代发明并普及电报。其间实现农业机械化，割草机、打麦机和收麦机代替了人力和畜力。这一切，在《使美纪略》中都有具体、生动的记载。

在香港，陈兰彬亲眼看到了传话筒(电话机)，“在辅政司署见传话筒……以手摇筒旁铜拐，起号，即对筒问话毕，旋闻筒旁钟响，以耳向筒，一一回答。询其何以能然？据言：电线能传字，即能传声。”他还听说英国有人发明了藏话箱(留声机)，“数人分槅说话，封之，数万里之远，百十年之久，揭封侧听，口吻宛然，于立约、遗嘱诸大端尤为有用。将来制作尽善，当必传布中华”。陈兰彬此处记载恐有不确，事实上发明留声机的人是誉满全球的发明大王美国人爱迪生。留声机诞生于1877年，次年陈兰彬就作了记载，也许在中文文献中属于首次。而他作为曾经的刑部官员，首先想到的是可以用留声机来保存证据，“于立约、遗嘱诸大端尤为有用”。并预见到留声机将来“当必传布中华”，只是留声机在中国风靡一时，恐怕是民国时的事情了。

在旧金山，陈兰彬见到了电灯，在他下榻的满金茉莉街九层楼官殿酒店，“庭院设新制电气灯四盏，白光如月，芒焰远映，胜煤气灯，且工费所省倍蓰，他日行用，谅必广矣”。陈兰彬对于新奇事物感兴趣，从《纽约时报》当时的报道中亦可得到印证，记者报道了使团在该酒店乘坐电梯的场景：“当时电梯是一个新事物。一些本地商人也因而却步，跑到拐角处不敢进去，而一群学生却高兴地进入电梯。陈兰彬公使信心十足，他富有旅游经验，又是非常有风度的绅士，他严肃地进入电梯，其他人也紧接着进入。电梯载重上升，引起人们一片欢呼声。”(The New York Time. August 4, 1878) 1878年11月4日，陈兰彬在巴尔的摩市参观时，还见到了火警警报器，他要求打开火警警报器进行测试（The New York Time. November 5, 1878）。

在尼亚加拉大瀑布，陈兰彬见到了观光缆车：“岸傍有屋数间，内设绞车机器，下通水轮，以为升车上下之用，车如小室，可坐一十二人，四面玻璃透亮，有门以便开阖出入。”

在纽约，陈兰彬参观了书信馆（邮政局）、电报馆，并且亲自发电报进行试验，不由惊叹“巧妙绝伦”。

中国以农立国，美国的农业机械自然为陈兰彬所关注。书中详细记载了收割机、抽水机、打麦机、播种机的形状及工作原理，并称赞说“此数种俱巧便异常，真农家利器也”。

第二，密切关注世界军事进展。在美国，陈兰彬及其随员参观了炮台、军械所，观看了新式手枪和大炮，了解枪炮的价格，并进行了大炮试放，还观看了民兵的阅兵式。陈兰彬尤其重视鱼雷在军事上的应用。早在1873年6月，他致好友李勉林的信中曾说“又闻现有水雷新法，在伊华盛顿都城演习，未肯传人”（《陈荔秋致李勉林函》，《晚清洋务运动事类汇钞》上册第64页）。在《使美纪略》中，他记载了和出洋学习水师、随同服役军舰到美国访问的福州人黄建勋的谈话，据黄说：“有水雷三种：一曰白头雷，别国未有者，形如鲤鱼，头有铜电气数条，尾藏机汽，量敌船之远近，用机汽之多少，计可到船触发，即敌船来猛，中途碰着鱼头电气亦发，至于浅深，则于雷身量加铁条，如敌船入水一丈，该水雷则沉至一丈，尺寸仿是；一曰霞米雷……一曰上尖雷……三种之中，最便而利者莫如白头雷，惟敌人机警，未出海之先已将船身入水浅深之字号改抹，以少注多，则水雷从底而过，无济于事。又称海上交锋，总要视敌船何舱系藏火药，专攻其药舱为要。近日西人极意讲究水雷，而炮已为第二义云。”

黄建勋提到的“白头雷”，是世界上第一枚真正意义上的鱼雷，是1866年由英国人怀特黑德（Whitehead）研制成功的，由于怀特黑德的名字直译是“白头”，他发明的鱼雷也被称作“白头鱼雷”。1877—1878年俄土战争期间，俄国海军第一次在实战中使用鱼雷击沉了土耳其军舰“塞弗”号，各海军强国也开始重视这种威力强大的武器。至于霞米雷和上尖雷，笔者未查到相关资料，不知其详。陈兰彬详细记载了“白头雷”的形制、原理及规避方法，并提醒当局“近日西人极意讲究水雷，而炮已为第二义云”。有研究称，“1894年至1895年的中日甲午海战中，共有17条鱼雷击沉军舰3艘，占被击沉舰艇总数11艘的27.3%”（高月《防不胜防的暗箭——现代鱼雷的发展及应用》，《舰载武器》2011年第7期），充分证明陈兰彬对新式武器的敏锐和先见之明。不过，陈兰彬把鱼雷和水雷混为一谈，众所周知，鱼雷是一种进行主动攻击的武器，而水雷则是一种被动防御的武器。鱼雷自身带有动力，能通过一定的制导方式寻的攻击目标。水雷一般不带有动力，通常漂浮或者悬浮于水中，等过往的船只碰撞爆炸，像地雷一样。

第三，对华人在美国的情况及美国排华的猖獗进行了客观的记述。华人在美“共十四五万”，分布在美国各地，从事淘金、挖煤等工作。华人无论从何地来，都以旧金山为“出入总口”。初到美国，人地生疏，又不懂美国的法律禁令，为了自保和互助，华人纷纷建立“会馆”，仅在旧金山，较大的会馆就有六个。陈兰彬访问旧金山的华人会馆，获悉会馆章程规定“如不遵我朝正朔，而改易洋装者，册不列名；有事投诉，会馆亦不理”，颇为赞赏，称赞说“小民糊口异域，能不忘本，亦足嘉矣”！华人在美，最初因为工作机会众多，与当地土著居民和外来移民相安无事，但后来随着矿产资源的枯竭和铁路的告成，加上各国有领事保护而中国没有，美国掀起了排华浪潮。从日记来看，美国排华有三个特点：第一，排华最猖狂的是埃利士（爱尔兰）工人会党，充当了排华的急先锋，他们“专向华人，始犹殴辱寻仇，近且扰及寓庐，潜行焚掠，始犹华佣被虐，近且逼勒雇主，不准容留”，目的是“尽逐华人而后已”，华人生命财产安全受到极大的威胁，仅旧金山一地，“未结之案约数百起，监押者数百人”。第二，美国地方政府以立法的方式，通过一系列排华法案，“如住房之立方天气（空气），寄葬之不得迁运，告状之不许华人作证，及割辫罚保等例，均于华人不便”。这里提及的是加利福尼亚州制定的针对华人的法令，必须略为解释几句。1870 年，旧金山议会通过《立方空间方案》，规定市内住屋，每一成人住客，需要五百立方的空间，法案实施后的两个月内，便有 247 名华人被拘控。1854年，加州最高法院宣布不准华人在法院作证。1876年，旧金山议会通过《辫子法规》，规定凡犯案入狱的华人，必须剪辫。凡此种种，对华人的歧视和排斥，可见一斑！第三，新闻舆论对排华起了火上浇油、推波助澜的作用，各地新闻纸“谈及华人，必备极丑诋，又凭臆论说，凡可以欺凌华人者，无不恣意言之”，翻开新闻纸，排华言论“连篇累牍”，“令人阅而愤懑”。

除此之外，《使美纪略》还记载了印第安人：“途中所见野人，红面如脂，发黑若漆，男女俱穿耳留发，不束身，体粗壮，五官亦整，见人辄笑而讨食。又见男妇两人，面抹黄土，各骑白马，身衣兽皮，手持羽扇，头戴皮冠，脑后两带下垂至腰，俱插羽毛，询之土人，云此系熟番头人（途中所见俱熟番）。又云：生番远处深山，草木轇轕，无路可通，间有互市，非熟番不能到（亦无人晓其言语也）。”陈兰彬将印第安人称之为“野人”，对印第安人的肌肤、体格、五官、打扮、服饰进行了细致的描绘。在中文著作中，首次介绍印第安人的是美国传教士裨治文，他在1838年出版的《美理哥合省国志略》卷六“原居苗人”条中，向中国读者详细介绍了印第安人的体貌、性格、服饰、生活习俗等。而陈兰彬则可能是亲眼看到并首次记载印第安人的中国人。

华盛顿是近世中国人心目中的美国开国英雄，陈兰彬特意去参观了华盛顿故居：“屋仅数楹，规制俭朴，上下两层，上为卧房，有榻一，胡床、小桌各一，瓦缶数事，另房为正命之所，药罐、痰盂咸在。馀为客房，下层储其遗物，若刀剑，若书籍，若鞭鞍，及退破衣袴等。墙壁绘其生平得意数事……屋俯大江，后有厨房及佣人住处。闻临终时，曾放出黑奴二百馀，听其自便。”华盛顿故居又名弗农山庄，位于弗吉尼亚州（陈兰彬称之为“勿尔吉尼阿邦”）。“正命”泛指寿终而死，与“非命”相对。儒家以顺应于天道、得其天年而死为得“正命”。《孟子·尽心上》：“尽其道而死者，正命也；桎梏死者，非正命也。”离故居不远是华盛顿墓地，其坟“砖围丈许，中置二石棺，覆以铅瓦，若停柩之寮然。前立二石柱，高可八九尺，标刻附葬诸戚名氏，系后人改扦。其手营寿圹，距数十武，尤极狭隘……据称华盛顿居此四年……今房屋布置皆其手泽，虽极朽蠹，仍依样修理，不敢擅易，坟虽改葬，亦不尚华饰，恐违先志云。”陈兰彬详尽细致地描述了华盛顿故居和华盛顿墓地，故居“规制俭朴”、墓地“不尚华饰”给他留下了深刻的印象。不知陈兰彬写这段文字时，是否想起了中国等级森严、穷奢极欲、富丽堂皇的帝王宫室及其陵墓！

美中不足的是，陈兰彬的日记内容过于简略，许多重要活动都未记入书中，像抵达旧金山时“赴西人戏院观剧”“到映像馆照相”（《陈星使节抵美埠》，载《万国公报》合订本第 9 册，第 5403 页），接受美国政府邀请出席巴尔的摩博览会（《请中国钦使赴赛会》，载《万国公报》合订本第 10 册，第 5941 页），这都是中美交往和文化交流的有用史料，在书中却一概付之阙如。

也许是过于“老成持重”，也许是汲取郭嵩焘放言谠论遭到顽固派猛烈攻击的教训，在日记中陈兰彬对美国社会政治状况着墨不多，更难以看到他的分析和评论。同样是参观华盛顿墓地，1868 年访问美国的志刚在日记中称赞华盛顿说：“然以一废退武人，崛起于人心思奋之时，卒成数千里大业。而乃功成名遂，身退而不为功名富贵所囿，固一世之雄也哉。”（志刚《初使泰西记》第 271 页，岳麓书社 1985 年版）1887—1889 年奉光绪皇帝钦派游历美国等地的傅云龙在参观华盛顿故居后也发出了“海外人物能不以华盛顿为第一流哉”的感慨（《傅云龙日记》第 226 页，浙江古籍出版社 2005 年版）。这样的评论和感慨在陈兰彬的日记中是看不到的，不免令人遗憾。

谭乾初的《古巴杂记》

提起古巴，人们会联想到雪茄、蔗糖，联想到卡斯特罗，联想到海明威以古巴生活为题材创作的名著《老人与海》。但古巴和中国有什么联系？一时却难以想个明白。然而，一百多年前，古巴和美国一样，是有名的排斥华人的国家，是无数怀着淘金梦前往该地的华人的地狱和坟场！直到光绪五年（1879），清政府在古巴设置总领事馆，华人的处境才得到改善。而担任中国驻古巴总领事馆英文翻译的谭乾初，不仅是个尽忠职守、保护华人权益的出色外交官，而且在工作之馀，“博访岛中风俗、人情”“随见闻所及笔之于书”（以下凡未注明出处者，均引自《古巴杂记》），为我们留下了一部《古巴杂记》，该书以朴实、细腻的笔触，展现了千姿百态的古巴社会风土人情，保存了一份珍贵的晚清外交官维护华人权益的真实记录。

谭乾初，字子刚，广东顺德人。他的官位不高，做外交官之前，只是一个小小的县丞。除知道他光绪五年（1879）九月开始担任中国驻古巴总领事馆的英文翻译及接任总领事外，其他生平事迹不详。即使要查询到他的生卒年也非易事。收录四万多个人名的《中国人名大辞典》没有他的记载。收录三万五千个人名的《清代人物生卒年表》没有他的词条。笔者试图通过地方志查询其履历，但湖南省图书馆所藏的清代《顺德县志》分别为嘉庆十四年（1809）和咸丰三年（1853）所修，也查不到他的资料。《古巴杂记》的成书年代，据该书作者《跋尾》及书前张荫桓《序》，是成书于光绪十三年（1887）。书成不久即在光绪十七年（1891）被王锡祺收入《小方壶斋舆地丛钞》丛书，由上海著易堂刊行，笔者据以标点整理的就是这一版本。

《古巴杂记》是中国人所写的关于古巴的第一本著作，是了解19世纪末叶古巴社会的第一手资料。由于书中大量记载了华人在古巴的悲惨遭遇，因此备受重视，相关内容曾被编入《华工出国史料汇编》和《晚清海外笔记选》出版，但均是《古巴杂记》的节选。本书是第一次对《古巴杂记》全文进行标点整理出版。

斗牛、跳舞及其他

对于《古巴杂记》的价值，曾任出使美、日（此指西班牙）、秘（秘鲁）大臣的张荫桓在序言中赞誉作者"岛中风俗人情撷其要领汇为笔记，诚有心人也"，并期待其他外交官能效法作者，"毋骋空谈，随事为记"。不尚空谈、"随事为记"、关注古巴的"风俗人情"的确是《古巴杂记》最鲜明的特点。

《古巴杂记》详细记述了古巴的地理位置、历史、都城、气候、行政区划、军队人数、物产、宗教、旅游胜地、风土人情等情况，涉及古巴社会生活的方方面面，可补史料之阙。如关于斗牛的描写：

> 斗牛者，人与牛斗，其场以木板为之，形如圆月，内设客位十馀层，每层数十位，以便观者，中设圆围，令牛斗于其内。号筒一响，斗牛者或骑或步，分队而出，骑者长矛甲靴，步者花衣红帕，所骑之马，以布蔽目，使临敌不退，步者引牛以帕，牛见帕则逐，骑者持枪以刺之，（牛常被刺跳场外，观者多为所伤，）盖骑者以马为护身符，步者以帕为活命计，牛则自顾其身，人则自顾其命，惟马则茫无所见，任人驱策，牛角一起，则马肠迸出，马命休矣，每斗一牛，往往毙四五马，每毙一马，则观者拍掌欢呼，马伤愈多，人心愈快。约一角钟

之久，杀牛者方出，右手持剑，左手持帕，向牛脑迎面刺去，牛则迎刃而倒，观者或拍掌助兴，或掷帽以颂其奏技之巧，或赏以钱物，以为天下未有如此之神技，未有如此之乐事也者。夫以杀生而取乐，虐孰甚焉！

斗牛是西班牙的国粹，风靡全国，享誉世界。古巴作为西班牙的殖民地，斗牛习俗颇为盛行。此书对于斗牛的流程、斗牛的血腥和刺激、斗牛士的娴熟技巧、观众的如醉如狂，描述得历历如绘，淋漓尽致。黎庶昌《西洋杂志》、蔡钧《出洋琐记》等书都写到了斗牛，将这段文字与上述诸书相关记载对照来看，一点也不逊色。结尾“夫以杀生而取乐，虐孰甚焉”的议论，见解也很深刻，反映了不同文化背景下的人们对于这一久盛不衰习俗的看法。值得注意的是，蔡钧《出洋琐记》对西班牙斗牛的评论也是：“此中残忍，所不忍观，而国人多好之，殆习俗使然欤！闻国王欲申禁令，举国若狂，竟不能行。”（蔡钧《出洋琐记》第3页，王锡祺辑《小方壶斋舆地丛钞》第十一帙，光绪十七年上海著易堂印行）这一残忍而血腥的习俗，如今已在西班牙巴塞罗那等地被禁止，反映了晚清外交官的先见之明。

西洋外交少不了舞会和宴会，这是外交官互通情报、联络感情的重要方式。对于女子在舞会这种场合抛头露面，长期接受“男女授受不亲”观念的国人自然很不习惯。一些晚清士大夫便错把西洋舞会当成风月场所，认为是有伤风化之举，例如丁克柔所写的《柳弧》就载有如此海外奇谈：“曾至一国，其王及后见贵客至，必执客手而跃之不已，客亦只好陪跃，不胜其苦。”把陪客人跳舞说成是“执客手而跃之不已”，读之令人喷饭！早期中国外交官，在其著述中对西洋舞会也是要么只字不提，要么一笔带过，要么持批评态度，能平心静气地看待和接受这一“新生事物”的实属凤毛麟角。而谭乾初则开通多了，试看他对古巴舞会的记载：

> 该岛风俗，喜交游，乐宴会，各家每礼拜辄一为茶会以延亲友，男女迭为宾主，少长咸集，或曰借以聚会相择为婚。凡为茶会，约夜间八点钟起，夜半始散，大茶会则彻宵达旦。赴会者男则整齐修洁，高帽黑衣，女则胸背半露，蜂腰长裙……其跳舞之法，有一偶同跳者，男女互抱，旋舞于室，有四偶和跳者，不搂腰而交相握手，肩摩踵接，如演礼状，乐停舞止，谓之一曲……

这段话透露了几点信息：第一，舞会是古巴社交的一种重要方式。举办舞会的目的，是亲友之间联络感情及相亲。第二，参加舞会的男女着装颇为讲究，男的要穿黑色燕尾服，女的要穿晚礼服。第三，舞的跳法，既有男女成双成对地搂抱着跳，也有不搂腰而手牵手跳。“男女互抱”怎么跳法？刘锡鸿《英轺私记》倒是说得很明白：“跳舞会者，男与女面相向，互为携持。男以一手搂女腰，女以一手握男膊，旋舞于中庭。每四、五偶并舞，绕庭数匝而后止。女子袒露，男子则衣襟整齐。然彼国男子礼服下裤染成肉色，紧贴腿足，远视之若裸其下体者然，殊不雅观也。”（刘锡鸿《英轺私记》第151页，岳麓书社1986年版）刘锡鸿对英国跳舞会中“女子袒露”不置一词，对男子着装则大加讥讽。谭乾初对跳舞则只是客观记述，没有任何评论，真是“不着一字，尽得风流”。

该书还浓墨重彩地记述了中国驻古巴总领事馆于光绪六年（1880）元旦举行的一场盛大茶会。这次茶会邀请了“阖岛官绅富商男女并列国领事”，“是晚赴会者车马喧阗，道途拥塞”，“计来会者男妇约二千馀人，凡岛中名望之家皆与焉，欢欣舞蹈，直至天明，次第别去”。二千馀人赴会，道途为之阻塞，活动通宵达旦，真是盛况空前！这次大茶会的效果，据谭乾初说：“嗣后与各官绅彼此浃洽，办事颇称顺手，此次茶会虽所费不赀，然金钱究非虚掷。”

对于西洋颇为盛行的决斗陋俗（著名诗人普希金便死于决斗），谭乾初也作了生动的记载：

> 斗人者，必因两人不睦，各执一是，外人有不能解释者，始各择证人一名、医士一名、契友一名（即中国换帖者），订约斗于何日何处，用何军器，各立誓词，言此事出于情愿，生死于人无尤等语，斗法有以伤为止，有以死为止（如以死为止者，不用医士相随）。然凡有此斗，均秘不外传，泄则恐事不成，虽父母至亲亦事后始悉也，此风官民皆有之，国例严禁，但既立有自愿誓词，亦听之而已。

对决斗的起因、决斗的程序、决斗陋俗为何禁而不止进行了客观的记述。百度百科和搜狐百科对于决斗的解释都是：“欧洲旧时的一种习俗。两人争执各不退让时，约定时间、地点，请证人到场，然后用武力决定最后胜负。”把决斗的起因说成是“两人争执各不退让”，未免轻描淡写，不如谭乾初的严谨准确。

谭乾初既看到了古巴土地肥沃、物产丰富、医疗免费这些光鲜的一面，也不讳言古巴的种种积弊。一是征税太重，“无人不征，无物不征，无事不征，无艺不征”，“古巴人之深恨西班牙人者，职是故也”。二是生活奢华，“岛俗奢华，妇女尤甚，衣裙一袭，动需数十金或数百金，来往应酬，其费尤巨”。三是卫生状况差，导致黄疫症盛行，“岛中街衢不洁，水土欠和，除通衢大道外，人多便溺道旁，秽土堆积路上，黄疫症之多，未免不由此而生也”。有意思的是，华人的适应能力很强，从来不得此症，“独我华人无论由中国何省而来，均不沾染此症，亦云幸矣”。四是社会治安差，尤其是火灾频繁，都城夏湾拿（今译哈瓦那）“火灾之多甲于他国，有一月两次或三次，甚有一礼拜两三次者，审所从来，多由阴狡市侩知生意不前，放火避债，或冀借此以生财，良心丧尽，种种不法”。特别是光绪十年（1884），因大宗商品蔗糖出口锐减，生意清淡，经济萧条，商店关门，银行歇业，工人失业，“盗贼愈炽，当街截抢、明刃入室日见日多”。

赌博是为人们深恶痛绝的陋习。赌博之害，轻则玩物丧志，重则伤风败俗，毒化社会风气。但是至今为止，已出的赌博史著作（如刘志琴的《赌博纵横》，郭双林、肖梅花的《中华赌博史》，李交发的《治赌史鉴》），仅仅关注在国内的赌博，而没有对海外华人的赌博历史进行研究。对于在近代中国盛极一时的西洋赌博——吕宋票，虽然有些人进行过专门研究，但究竟是怎么回事，却无人能道其详。《古巴杂记》则详细记载了吕宋票的玩法及华人趋之若鹜的情景，是难得的赌博史资料，因文字太长，兹不具引。

维护华人权益的真实记录

《古巴杂记》以大量篇幅记述了华人在古巴的悲惨遭遇。首先是死亡率高。华人来古巴，始于1847年。从1847年至1874年，共有143040名华人被用船运往古巴，但抵达古巴的只有126008名，在船上死亡的17032名，船上死亡率达11.9%。到光绪十年（1884），古巴华人仅存43298名，“此外八万馀人曾经回国者不过百中一二，馀皆陨身异域”。出外做工的一般是年富力强的青壮年，死去大半，不难想见古巴华人过的是怎样一种非人生活。其次，劳动时间长，劳动条件恶劣，而且食不果腹，衣不蔽体。去古巴的华人都是契约劳工，“合同以八年为期，每月工银四元，期满任由自主。不料抵岸后待之如牛马，卖入糖寮，每月工银给以银纸，期满复勒帮工，日未出而起，夜过半而眠，所食粗粟、大蕉，所穿短褐不完”。华人稍有反抗，“轻则拳打足踢，重则收禁施刑，或私逃隐匿则致之死地，或交官工所迫作苦工，或由官工所发售，狠毒苛刻，擢发难数”。再次，华人没有人身自由。华人须有“行街纸”（护照？暂住证?）方能自由出入，而华人要领到“行街纸”必须有“工主”证明华人做满了工期的“满身纸”才能申请发给，因华人满工后所获得的工资待遇比满工前要高，“工主”唯利是图，借故不发。而没有“行街纸”，“一经查出，即以逃工论，拘禁官工所，使之修桥整路，当一切苦工，以待原主寻认，日久无人寻认，即由官发卖，坐是华人永无自主之日矣”。不仅如此，在古巴的外国人的“行街纸”，向来由各国领事官代领，“从前中国未设领事，华人受制不堪，故凡由香港来者则冒英国籍，由澳门来者则冒葡萄牙籍，由美国来者则冒美国籍，托以自庇，纸费虽值无几，惟经手之人百般勒索，每领一纸动费数十金或至百馀金，因必有行街纸方能自便往来及往别处佣工、贸易，然虽有行街纸，仍要拜认一土人或教士以为护符方合彼例，种种受制，几难缕述”。

清政府从新闻纸和外国领事的照会中获悉古巴华人的悲惨遭遇后，极为重视。1873 年总理衙门建议派遣刑部主事、留美学生监督陈兰彬前往古巴调查实情。陈兰彬调查团从美国出发，于 1874 年 3 月 17 日（同治十三年正月二十九日）抵达古巴都城夏湾拿（今译哈瓦那），至 5 月 8 日（三月二十三日）离开古巴，查访了监狱、卖人行、炼糖厂、甘蔗种植园等处，调查了无数的受苦华工，共录得 1176 名华工供词，又收得 1665 人签名的口禀帖共八十五张。从调查中得知，从中国到古巴的华工有十分之八九是被拐骗去的，船上数月航行中“打伤、自尽、死亡已不止十分之一”。到哈瓦那后，华人被卖为奴隶，被卖到糖厂工作的华工最惨，“其工作过重，其饮食过薄，其作工时刻过多，其被棍撞、鞭拷、锁闸等诸般荼毒又最甚。”“递年各处打死、伤死、缢死、刎死、服毒死、投水死、投糖锅死者累累不绝。现时折手、坏脚、瞎目、烂头、落牙、缺耳、皮开肉裂，指请验伤者，已复不少。”（陈翰笙主编《华工出国史料汇编》第1辑，第2册，第580页，中华书局1985年版）目睹华工的惨状，陈兰彬极为愤慨，奋笔写下了“肉破皮穿日夜忙，并无餐饭到饥肠，剩将死后残骸骨，还要烧灰炼白糖”（【美】丁韪良编《中西闻见录选编》，第501—502页，台北：文海出版社1987年版）的诗句。调查团回国后，向总理衙门呈交了详尽的调查报告，还有华工的口供材料，有力地证明了古巴华工确实遭到非人的虐待。消息在报刊披露后，震惊中外，促使清政府重新调整海外华人政策，在古巴设立总领事以及派驻西班牙公使。

经过多次谈判，1877年，中国与古巴的宗主国西班牙签订了《会订古巴华人条款》，共十六条，以条约的形式，对华人的权益作了种种规定。第六款还规定：大清国即派总领事官前往古巴夏湾拿地方驻扎。

陈兰彬调查团的派出具有划时代的意义。一方面，它标志着清政府逐渐改变以往对海外华人拒不采取保护措施的漠视政策，开始关心和维护海外华人的权益。另一方面，正式向海外派遣使团在中国外交近代化进程中迈出了极为重要的一步，这是清政府首次正式以西方的方式来处理外交纠纷，以期在对外谈判中处于有利地位。

陈兰彬调查团的工作成就有目共睹，得到了总理衙门的高度评价，李鸿章建议朝廷嘉奖并给予重用。曾任驻美公使的张荫桓评论说：古巴华人处境得到改善，“陈副宪查办之功，诚未可泯，华人至今尸祝之，不忘本也”(《张荫桓日记》，任青、马忠文整理，第361页，上海：世纪出版集团、上海书店出版社2004年版)。重获自由的华工撰联称赞：“感德永难忘，身经九万里重洋，济人苦海；奇功真不朽，手订十六条和约，出我生天。”（李钦主编《陈兰彬颂》，第289页，香港：中国文化出版社2008年版)

1878年，清政府派遣陈兰彬为出使美、日、秘三国钦差大臣，刘亮沅、陈善言为驻古巴领事官，谭乾初为英文翻译。次年驻古巴领事官抵任，经过他们的不懈努力，“诸华人乃重见天日，数拾年虐政一旦扫除，华人佣力自食，无官工所之束缚，拐贩绝迹，商贾渐集，蔚然可观”。

从《古巴杂记》来看，清政府驻古巴领事官主要做了以下维护华人权益、改善华人地位和待遇的工作：第一，与古巴当局协商，签订《新订优待华人章程》，其要点是，华人“不论工期已满、未满，均当一律发给行街纸，而不以工主之满身纸为凭，并订明将各处官工所拘禁之华人尽数释放，嗣后不得复行拘禁，如工主与工人争执，只可向律例衙门呈控”。第二，设立会馆，给医院拨助经费，以救助残疾、生病的华人。鉴于“各埠中瞽目残疾华人丐食者甚众，总领事劝谕各埠分设会馆，俾残疾者有养，并拨助各省医院经费，俾贫病者有医。”第三，领事为华人代寄、代写家书并代付信资。“又华人每不愿寄家信，固由去家日久，旅居无聊，亦因无处可以托寄，遂于各华人到署注册时展转开导，令各写家书一函，由本署转寄并代给信资，实欲各人信息相通，既可慰家庭之望，且欲伊等历叙此间苦况，俾后来者不致误入诱拐迷途。”其后因领事馆公务繁忙，无暇一一代写家书，“又特刊通套信文数万纸分布各埠，使不甚识字之人亦易于填写。”可谓用心良苦！张荫桓对此颇为赞赏，在《序》中指出：“而尤可喜者，为华人设书邮以通重译，华人每得家书辄痛哭，既振其水源木本之思，而其父母妻子亦知远人音问，保全实多。”第四，为避免以往华人领取“行街纸”时被地方官欺侮、勒索，此后在换发“行街纸”时，领事为华人代领。“新例：凡外国人民转换行街纸，须要本人亲到该管地方官处领取，惟我华人则由中国领事代领，缘华人往日惯受欺侮，难免勒索之弊，领事为保护华人起见，故不辞劳瘁，代为妥办。”第五，领事馆增设各埠代理人，使各地华人投诉有门。因“各外埠相隔太远，有事则声气难通，故于光绪七年添设各埠代理人，添设之法：或华人，或洋人，或华洋并理，均择埠中名望素著者充当。自设代理人后，总领事既无鞭长莫及之忧，而各埠华人尤免无所投诉之苦。”

总之，“自有中国领事以来，勒索既无，稽查尤少，华人得以安居乐业”。尤其是过去对华人的歧视政策统统废除，“从前不准华人住大客寓、穿中国衣服、留辫发、坐大马车赴官会一切苛刻之例概行删除，而且华人嗣后应与优待友邦之各大国人民一体看待，岛中华庶莫不欣欣然也。”

为方便前往古巴的华人，在此书结尾，谭乾初还详细开列了由中国往古巴水、陆两路的距离、路程、盘费，并提醒华人在携带行李时的注意事项：“凡携行李必须格外坚固，箱箧以原身出锁以帆布包裹为妙，箱面宜兼用洋字书写己名、编列号数，俾洋人易于检点，不致混乱，盖船车迁运行李均限以时刻，而搬运行李之人不顾物件之精粗，轮流抛掷，取其快便，火车尤甚，箱箧稍不坚固即被破坏，不独损资，且致乏用，凡出外洋者不可不慎。”这一旅行经验，即使在今天也并未过时。

常言道：“弱国无外交。”虽然清王朝积贫积弱，软弱无能，但驻古巴领事尽忠职守、不辱使命，保护了华人权益，维护了民族尊严，向世人证明了中国人是不可欺侮的。

颇有意思的“比较研究”

初出国门的外交官，总是会不自觉地把在国外的所见所闻和国内的进行对比，谭乾初也不例外，例如他在写到斗鸡时就不免和中国斗鹌鹑相比，说斗鸡“颇类中国斗鹌鹑，惟场中狭隘，人声鼎沸，无非粗俗之徒，不及斗鹌鹑之雅观也”。对于古巴的丧葬习俗，他是这样记述的：

> 洋人清明之日，男女上坟插以香花，植以草木，表其思念，无拜跪，无香烛。丧服内例可嫁娶，故多有居丧而行婚姻礼者，俗谓可慰寂寞，可省宴费，贫富皆然。

字里行间，看得出他对此不以为然，接下来他对中国与外洋从政治制度到日常生活进行了一番“比较研究”，请看这段妙文：

> 要之外洋规制，无事不与我中国相反，国政由民而及君，官职重武而轻文，家庭爱妻子而远父母，闺房妇唱而夫随，生育重女而轻男，文字自左而归右，书卷始底而终面，罗盘向北而坐南，男服以纯黑为礼，女衣以露胸为恭，宴会贵主而贱客，位次右尊而左卑，中国礼别男女以避嫌疑，洋人礼以妻女而款男客，至于奇技奇器，中国禁之，洋人尚之，如此之类，不能枚举。

这和刘锡鸿《英轺私记》的说法何其相似乃尔！说外国人读书倒过来读（“书卷始底而终面”），外国女郎穿衣“以露胸为恭”，并得出“外洋规制，无事不与我中国相反”的结论，真是令人哭笑不得。

谭乾初注意到了古巴的慈善事业：“土人好行其德，多设各项善堂，经费为官民凑集”，但对富翁临终前将全部财产捐献出来不理解也不赞成，他说：“洋人不重后嗣，所有财产，临终多有尽舍善堂，以为归之一家不如公之于众，善堂例塑善士之像以表其德、以扬其名，万世流芳，远胜子孙之张大其后，此说似是而实则非，夫嗣续不念，子孙遂绝，成何世界哉?”谭乾初不理解西方的慈善事业，搞不懂富翁为何临终前将财产全部捐给慈善机构而不留给子孙，认为是不重后嗣的表现，悲叹照此下去，“子孙遂绝，成何世界哉?”这和从未出过国门的同时代人曾国藩“不留财富给儿孙”的观念相比，差之甚远。这说明，双脚虽然跨出了国门，但如果观念陈旧、抱残守缺，思想要跟上时代的步伐，却是难乎哉!

陈兰彬使美纪略□

光绪四年（1878）

五月初一日　自上海出发

五月初五日　到达香港

五月廿二日　自香港启程

五月廿七日　抵日本横滨

六月廿七日　抵美旧金山

七月十二日　抵哈特福德

八月廿二日　抵达纽约

八月廿三日　抵华盛顿

□ 根据清光绪十七年（1891）上海著易堂书局本

□ 赖某深校点

4,2,9

陈兰彬使美纪略

光绪四年正月二十八日（兰彬）在太常寺卿任内，祗领国书三分，出使美利坚、日斯巴尼亚、秘鲁。 出使美日秘三国

二月初九日　请训，面奉谕旨，先赴美国。

十一日　领到敕书，当即料理行装。

二十四日　由通州上船。东行，沿途阻风。

三月初一日　抵天津紫竹林，泊驻招商局码头，不寓客馆。

初三日　往谒北洋大臣李伯相，随由津海关丁道寿昌送到总理各国事务衙门公文，内开：吏部咨称，二月二十一日奉旨，陈兰彬补授宗人府府丞，钦此。即日拜折谢恩。 拜谒李鸿章

初四日　美国领事毕得阁来见。

初五日　税务司德璀琳来见，送美国赛珍会影图十幅。 赛珍会（博览会）图

初六日　搭招商局“保大”轮船南行。天津亢旱数月，是夜得雨一寸有馀。

初七日　过烟台，风大，不克登岸。

初九日　到上海，住二摆渡广肇公所。奏带各员，陆续亦到。

江海关拨交出洋经费

初十日　江海关褚道兰生来见，订约一月内拨交出洋经费。

两江总督沈葆桢

兰彬拟于十五夜搭船往金陵，谒南洋大臣沈幼丹制军。是日午间，忽寒热大作，昏迷不省人事。医者连日投峻削疏导之剂，瘟邪外散；渐而头晕目肿，耳鸣舌麻，腿酸肋痛，并疝痢旧症俱发，畏见风日，夜复难寐。直至四月二十四五日，始克离病榻，而出卧房。

在沪晤美国公使西华、日国公使伊巴理、美国领事士打儿、日国领事嘉罅、义国领事加拉意，皆匆匆一面，不能多谈。

搭招商局轮船前往香港

五月初一日　偕随员搭招商局“富有”轮船前往香港。

初五日　到香港，寄寓旧居安栈，等候美国金山公司轮船。

初七日　往拜英国驻港总督燕尼士。

在香港的外事活动

初八日　往答拜英国驻港将军高路奔及署辅政司布礼士、署按察司士吻顿、署副按察司罗雅阁、华民政务司师蔑、美国驻港领事罗灵、日国驻港领事多沙、秘鲁驻港领事多马士偏、法国驻港领事布鲁士。

4,5,8

传话筒（电话）

是日在辅政司署见传话筒。该署距燕尼士避暑处约三里，以手摇筒旁铜拐，起号，即对筒问话毕，旋闻筒旁钟响，以耳向筒，一一回答。询其何以能然？据言：电线能传字，即能传声。厥理甚明，而内中制度未得窥悉也。又言：英国已有人作藏话箱。数人分槅说话，封之，数万里之远，百十年之久，揭封侧听，口吻宛然，于立约、遗嘱诸大端尤为有用。将来制作尽善，当必传布中华。

藏话箱（留声机）

秘鲁公使

初十日　秘国驻华公使爱勒谟尔由粤垣来拜，辩论同孚洋行代秘鲁招工事件。

十一日　回拜爱使，送来所刻日文中秘和约一本、秘鲁游记二本。

十三日　往粤城拜晤刘岘庄制府、张友山中丞、长乐初将军、俊星东榷使。

十七日　返香港，定美国公司“东京”轮船舱位。其仆从川资，各员自行支发。至由通州、天津、上海到香港同行随员伙食，则均由兰彬行装拨支。

二十一日　拜发奏报出洋日期并续带随员各折片，由香港招商局交“富有”轮船送上海文报局委员黄惠和转递。

香港启程

二十二日　巳刻，雨后偕随员仆从共三十四人登舟。爱使往东洋递秘鲁国书，亦附舟同行。未刻启轮，出鲤鱼门，针指东北艮寅方。

二十三日　午正，到厦门海面，计行二百九十七迈（每迈约三里三），经线偏东一百一十七度零四十九分，纬线偏北二十四度零六分。酉刻，望见台湾山岸。

二十四日　午正，计行三百三十四迈，经度偏东一百二十三度零五十七分，纬度偏北二十七度零六分。

二十五日　辰刻，遥见两小山对峙。据舟人说，山在琉球之北；由此至长崎，约须半日水程。是日午正，计行三百四十二迈，经度偏东一百二十九度零四十九分，纬度偏北二十九度零二十分。酉刻，北风，微雨。自香港开行，连日炎热，至此可穿夹衣。

二十六日　大雨。午正，计行三百五十七迈，经度偏东一百三十五度零十一分，纬度偏北三十三度零六分。

到横滨

二十七日　巳刻到横滨。由香港至此，共计一千六百二十迈。因该船候货未行。我正理事官范锡朋率其翻译官张宗良、随员吴广霈来迎，即同登岸，借寓中华会馆（理事官衙门即在左侧）。旋偕翻译官陈善言往拜日国公使亚华里士、美国总领事云布连。

会见黄遵宪

二十八日　我驻日本何正使如璋、张副使斯桂、黄参赞遵宪并随员沈文荧等陆续来见。询悉横滨埠约有中华人三千馀，神户约数百人，长崎约千人。

游伊势山

二十九日　招商分局董事罗阆卿邀游伊势山、红毛岗。二山最高，登巅一望，全埠在目。伊势山旧有行宫一座，前十馀年遭乱被焚，现改佛寺。其前皇于行宫为匪人行刺，时有弁目柏屋村盛武者，鹿儿岛县人，救皇死难，命葬此山，以旌其忠。坟茔上有石碑一座，字极雄古。又有维新碑一座，记该埠通商始末。离此百馀步，有八阵

4,6,1

图，种树为之。内有将台，外分四层，每层开四门。不晓路径者，辄走闭路，不能到其将台，亦不能出阵外。

六月初一日　酉刻，有日国公使送到伊巴理一函，系询何时可到日国。因返船匆匆，未及复信。当告以到美国后，俟有定期，即知会日国驻美公使转致日国，请其将此意先代答复。回船后，见美国驻华公使西华及其眷属咸在。

初二日　未刻，自横滨开行，针指甲卯方。

初三日　午刻，计行二百五十四迈，经度偏北一百四十三度零四十分，纬度三十六度零二十六分。

初四日　午正，计行二百九十六迈，经度一百四十九度零一十分，纬度三十八度零四十四分。此后俱走艮寅方。

美国国庆日

初五日　午正，计行三百一十迈，经度一百五十五度零四分，纬度四十度零五十分。是日为美国开国庆日，船中书楼客厅，插小旗数十面，有以绸为之者，有以纸为之者。（系中国、英国、法国、俄国、德国、日本国、美国旗式，大抵船有其国人，即有其旗号也。）

初六日　午正，计行三百二十迈，经度一百六十二度零二分，纬度四十二度零。

轮船故障

初七日　午正，计行三百二十五迈，经度一百六十九度零一十八分，纬度四十二度零二十三分。是晚九点钟，兰彬与同人在船上闲谈，忽尔停车，询之，始悉大车心之机器因浇油不足，轴几蚀断，停轮修理，改驶风帆。

初八日　顺风，正午计行一百九十八迈，经线一百七十三度零四十四分，纬度四十二度零三分。

初九日　午正，计行一百七十七迈，经线一百七十七度零四十二分，纬线四十二度零十分。

初十日　正午，计行一百四十一迈，经度一百七十九度零十分，纬度四十一度零五十分。西人于是日仍以为初九，据称自中国至此，见日渐快。（是处与中国日出差四点钟）必于此重一日，到金山时方无参差，而经线至此已足一百八十度，过此又渐次缩短，亦渐偏西矣。

十一日至二十一日　共计行九百六十二迈，经线一百五十八度零二十分，纬线四十三度零六分。是日机器始行修复，拆前车所谓鸡比者以修后车，原用四汽盘，今止用三汽盘，于下午八点钟启轮。

二十二日　午正，计行八十六迈，经线一百五十四度零三十四分，纬线四十三度零一十三分。

二十三日　午正，计行二百六十四迈，经线一百四十八度零十四分，纬线四十二度零五十八分。

二十四日　午正，计行二百六十七迈，经线一百四十八度零十六分，纬线四十二度零一十八分。

二十五日　午正，计行二百六十六迈，经线一百三十九度零二十分，纬线四十一度零二十八分。

二十六日　午正，计行二百七十迈。是晚八点钟，已隐隐望见金山，因大雾迷漫，不便进口。船主摩利，旧曾任水师提督者，待同行诸人情意均厚，因用小红旗书

4,6,27

“和衷共济”四字赠之。船上执事，凡洋人十七人，华人六十馀人。

二十七日　早六点钟入口，见有炮台三座：其一在埠之北，名曰哑儿加他拉士，离水高一百四十尺，为此口咽喉之地，土人以重兵巨炮守之；一在海之中，名曰哥尽结地（译言金门），亦入口当冲之处，闻南北开仗时，此炮台不甚得力，故不甚措意；由此南望，约十六里半，有一海岛，名曰霍潘地（译言炮台咀也），建炮台于上，虽为西边海疆扼要，而仍不若哑儿加他拉士之雄壮也。 金山炮台

金山之对面有一埠，名曰屋仑，民居铺户甚多。过屋仑始到金山正埠，时已九点钟矣。有三邑会馆司事梁（楠）到，说六会馆商董俱已预备马车，亲来迎接，请为稍候。十一点钟，该商董百馀人亲到船上，内衣顶袍褂者十馀人，馀俱长衫短褂，在码头上排班拱候。是日中外士女，观者如堵，并有由数百里搭火车而来瞻望汉官威仪者。 金山码头欢迎盛况

登岸，见华人会馆酒店已挂中国龙旗，赁寓在满金茉莉街九层楼宫殿酒店（亦竖中国龙旗），是埠有洋商大酒店六间，此又六间中之最华丽者，闻房屋器用值六百万元，地毡足铺五顷，庭院设新制电气灯四斋，白光如月，芒焰远映，胜煤气灯，且工费所省倍蓰，他日行用，谅必广矣。 电气灯

是处天气和平，周年小雨而多雾，以寒暑针计之，至冷不过四十四度，至热亦不过六十四度。地在经线偏西一

百二十二度零二十七分，纬线偏北三十七度零四十八分，日出较之广东差八点零钟。其街道宽阔，形如棋盘，而以街市街为适中之地。生意之大，尤在东边。各街俱有长行街车，可坐十数人，略同泛湖小艇，而往来迅捷。又有机汽车，不用人力、马力转动消息，自能行走。迤北地势稍高，清泉颇少，所饮之水，俱由远山引来。其出产以水银、面粉为大宗，其馀海味、药材亦多运出口，盖邦国大势，总以出口货多为兴旺，少为衰弱，此埠殆蒸蒸日上云。

二十八九两日，美绅哥路颠尼、那域、沙伦、傅列秘，按察司非儿，日本领事因那机亚，英国领事卜嘉，乃嘉拉娇亚领事非理揦，墨西哥领事布列策，士威顿领事巴知臣，秘鲁领事苏必辣，俄国领事威列士奇，前任使中国公使镂斐迪，现任使中国公使西华，镇守加科尼亚地方将军墨兜华，水师提督律遮士，及华商等陆续来拜。

查旧金山地属美之加科尼亚邦，洋语呼该埠曰珊瑚兰昔士哥，开自一千八百四十七八年，即道光二十八九年时。地宝初呈，挖金垦种，易于谋生，各国流民，闻风趋赴，蚁聚蜂屯。其地又为华、美往来轮船孔道，故不数十年间，屹成巨镇。华民之来，始犹不多，且半系由别岛转徙至此间，有采金得资者，构布棚作小买卖。自立约通商后，来者始众。今计华民在美共十四五万，散处各邦乡市，如曰沙利坚，曰尼华大，曰纽约，曰衣打贺，曰满单拏，曰乌大，曰宾夕温尼，曰鲁西安纳，曰麻沙朱色士，

旧金山繁华之原因

华人在美总数

4,6,28

曰纽折尔西，曰田纳西，曰诗加古，曰线华娜，曰新蕾，曰体仑等埠，或数百，或三五千，或万馀不等，而皆以金山为出入总口。

初设会馆一所，继分六所，凡火船由华到埠，各着董事一人到船照料，盖恐华人初到，人地生疏，不谙该处禁例。或欲归里，亦须先到会馆报知，查明有无债负，给予出口纸，始能搭船。其六会馆：一口三邑，系南海、番禺、顺得、三水、清远、花县等县所设，商民约一万二千；一曰阳和，系香山、东莞、增城、博罗等县所设，商民约一万二三千；一曰冈州，系新会、四会、鹤山等县所设，商民约一万五六千；一曰宁阳，系新宁一县所设，商民七万馀；一曰合和，系新宁余氏一姓合恩平、开平两县所设，商民约四万；一曰人和，系新安、归善、嘉应等州县所设，商民约数千。或佣工，或垦地，分投谋食，在金山本埠者，统计三万馀人。有赀本作贸易者，不过数千，其铺户俱设于都板街、沙加免杜街、积顺街一带，土人呼为唐人街，其实铺皆租赁，非华人置造也。六会馆之外，又有昭一公所，则商人捐设，凡事关商务，集此妥议，意见皆合，然后施行。近日合和会馆因余姓人多，又议分设一馆，亦将举办矣。

旧金山华人会馆

唐人街

各国流寓，虽言语、嗜好与华人殊，尚无不协，公正殷实绅商，并喜用华人。惟埃利士工人会党肆意欺凌，其人由英之阿尔兰岛源源而来，入美国籍，且得与于举官之列。从前诸务草创，市肆街衢，器局船厂，凡百需人，又

爱尔兰人欺凌华人

周回数万里兴造火车铁路，各食其力，群可相安。自矿金渐竭，轮路告成，羁寄日多，工值日减，遂蓄志把持，妒工肆虐，而各国人皆有领事保护，兵船游巡，不敢逞志。故专向华人，始犹殴辱寻仇，近且扰及寓庐，潜行焚掠，始犹华佣被虐，近且逼勒雇主，不准容留。而又设誓联盟，敛赀谣煽，欲使通国附和，尽逐华人而后已。其党魁复声气广通，诡谋百出，现在该处未结之案约数百起，监押者数百人。而所设新法，如住房之立方天气，寄葬之不得迁运，告状之不许华人作证，及割辫罚保等例，均于华人不便。忆甲戌回华，路经此间，停辖数日，曾不料转瞬变局至于此极也。

排华浪潮

〔七月〕初一日　镂斐迪带矿师名阿那希来见，此系天津信来托伊觅雇者，据称候纽约寄到探矿机器、书籍等件，半月后即可前往中国。

初二日　陆路将军墨兜华、水师提督律遮士偕游哥尽结地炮台。初到炮台时，该将弁照西例响炮以迎。炮台在峭壁之上，路径屈曲上达，各炮不安于墙垣炮眼，而排临水土埂，约每丈炮一位，俱有炮车。此地三面皆海，坐小火船前往，约十数微厘可到。律提督又引观陆路兵房，旋回至其府第，午饭后出，各种茶照中国法烹饮。

参观炮台

初三日　偕翻译官薛树煇前往答拜各洋员。

初四日　前往拜谢各绅董，到各会馆，见铺陈均用华式，缘会馆定章：如不遵我朝正朔，而改易洋装者，册不列名；有事投诉，会馆亦不理。昔苏子卿颠连海上，而手

会馆章程

4,7,5

握汉节；钟仪羁囚军府，而乐操土风，史亟称之。小民糊口异域，能不忘本，亦足嘉矣！询问各会馆有无存款，据称皆甚有限，各会馆别无抽项，只华人回国时酌量抽捐，多寡亦无定额。而年中医理贫病，棺敛死亡，及初来之无靠，欲归之无赀，均须量为资助。近为埃利士人所谓渴林党者寻衅滋扰，须延请状师，点缀衙门，费益不少。询土人相待若何，则称本土绅商尚无别意，但彼党张甚，土人亦不肯惹事，其真心卫顾始终不懈者，惟傅列秘、集臣、卜尼士等数人，凡遇华人有事，辄肯挺身到官，设法排解，诚异乡之朱、郭也。是晚回寓，先发行李。

初五日　留随员陈道树棠、薛丞树煇、朱主事和钧、刘中书观成、陈教职为焜、金从九延绪、杨守备名泰于金山，馀俱随兰彬于七点钟动身搭火船过屋仑（横水渡） 离开金山
上车，是时各商董俱衣冠送至车前，殷殷话别，至此已离金山六迈路矣（以后迈数俱自金山起算）。八点半钟开车往东北方行，九点零十五微厘（以后零数俱以微厘计）到乃儿士，计程二十九迈。十点零十二到布里山顿，计程四十一迈。十一点零三十一到伊利士，计程六十九迈。十二点零二十到拉杜拉，计程八十一迈。十二点零四十到士释顿打尖，计程九十一迈。一点半到哥儿自，计程一百一十二迈。

二点零二十到沙加免杜（即所谓金山二埠），计程一百三十八迈。有裕昌号华商送水果到车，询知该埠在沙加 金山二埠
免杜河之东岸，屋宇颇华丽，俱用红砖为之。街道宽阔如

大埠，比大埠尤为整洁，左右树木荫翳，溪水交流，居民约二万二千人。地产以麦、米、木料为大宗，有磨面粉局四，铁厂六、烧窑一。又有铸铁、蒸酒、制农具、织绒、制糖各局。据称织绒局每日能织绒一千磅，制糖局每日可制一百吨。各局所用华人，或一百、二三百不等，而糖局所用更多，我华人有家眷者百计。火车公司设在该埠，所有火车多于此处制造。该埠贸易，以去年而计，出口货约二千五百四十九万六千二百六十九元之多，本埠销用不计。而每患水灾，其最惨者莫如一千八百六十一、六十二两年（即同治元年、二年），损坏人物无算。因河高地低，出口浅窄，淘金沙土又淤积于河，每遇山中积雪消化，势如奔马，虽欲走避，有所不及。现在洋人已将内地填高，外口疏浚，稍得平安，而一交孟春，各人均有惶恐之状云。是处天气与金山已大异，早间在金山时尚穿棉衣，至此改换单衣，仍汗流浃背也。

三点零四十六到增顺，计程一百五十六迈。是处有华人百馀，有酒店一。地枕河滨，田土沃美，产麦极多。乡民约数百人。往阿利坚都由此分路。四点零十五到沽伦，计程一百六十迈。是处有石山一座，土人建造屋宇多于此处取石。有华人数十名。四点零二十七到偏那，计程一百六十二迈，路经矮山。四点零五十到纽哈士坐罗，计程一百六十四迈，离此处不远，前有金矿，现已挖尽。居民约二百馀。五点零一十到恶笨，计程一百七十四迈，居民约一千左右，树木繁盛，果实最多，有书院一，理刑衙门

4,7,6

一。六点零五十到高罗化士打尖，计程一百九十二迈。七点零四十到高路咜，计程二百零二迈，是处系挖金之所，有华人数百，地颇清胜。八点钟到阿儿达，计程二百零七迈，木屋数间而已。八点零五十到哺哾干嫩，是处产木最多，当火车未通之前，人迹少到，近日洋人结队入山，以机器锯而伐之，贩运出口，数年以来取之不竭。九点零十八到俺觅加兰格（译言游人峡），计程二百二十一迈。九点零五十五到西士哥，计程二百三十迈，从前火车路至此而止，因落机大山阻隔故也（落机山译言石山）。 机器伐木

初六日　十一点零五到心觅（译言峰顶也），计程二百四十三迈，是山统名曰诗拉尼华大，离海高约万尺，今火车所过，计离海高七千零一十七尺，西人凿山通道，名曰暗路，计长一千六百五十九尺。又有雪盖木屋如长街，凡高必用盖者，缘岩谷间往往积雪至一二丈不解，火车至此，碍难走动，故用此盖，又必粗大之木为之，春天冰解，势如地塌，非巨木不能支也（每迈路约须银一万元）。十二点零五十到杜力机，计程二百五十八迈。在杜力机河之北岸，居民约二千人，专以贩木为业，民房俱以木为之，瓦面如尖峰，因冰雪太大恐其停积也。有书院一所。十二点零四十八到波架，计程二百六十六迈，不过一小站而已。两点零十二到尼那（尼华大邦华士沙郡之首邑），计程二百九十二迈，居民一千五百人，有华人百馀（有银行二间，又有按察司衙门）。是处左右金、银矿极多。三点零五十到哈喇士，计程三百十二迈。 火车隧道

四点零十四到郁士话乎，计程三百二十七迈，在杜力机河之东岸，有居民四五百人，地颇荒芜。离此二十里有铜矿，亦不甚旺。再南三十五里有金穴，产金颇多，成色亦高。再南二百八十里有硼砂矿，尼华大邦之富，以此数矿为著名。五点零三到爹说（译言荒野）。五点零三十二到喝士冷士（译言温水泉也），计程三百四十六迈。北面盐井极多，又有制硼砂局。六点零四十到布郎庄，计程三百七十三迈。七点零二十到拉乎乐庄，计程三百八十九迈，草场丰茂，最宜畜牧，土人云：此处一带约有牛三十四万头，羊三万头，俱系贩往诗加古、旧金山为多，以去年而计，贩往诗加古一埠约六十车（每车二万二千磅，共一百三十二万磅），往旧金山一埠约四百五十六车（共计一千零三万二千磅）。

七点零十二到阿嘀喽那，计程四百迈，有熔矿炉数处，土人挖矿，俱携来此熔之。八点零十五到嚟疋士（译言粗麦陇），计程四百一十迈，是处麦苗极粗，与别不同。九点零五到钦哺路的打尖，计程四百二十二迈，是处清泉极甘，傍有酒店，树木清秀，果实亦多。十点零五十五到呍嘀麦吉，计程四百六十二迈（乃钦哺郡首邑），民居百馀间，民人八百，地多树木，矿苗亦旺，附近土人皆以攻矿为业。十一点零三十五到哥阿达，计程四百七十九迈，民居绝少，但南北两山一产金，一产银，取之不绝。一点零四十到八地儿毛天打尖（译言战山也），酒店侍役俱系华人，询之附近一带华人到此攻矿者约九百馀

清泉极甘果实亦多

4,7,6

人。二点半钟到疏好，计程五百四十五迈，是处离海高四千六百三十六尺，铜矿、银矿俱旺。

三点零三十六到巴礼雪，计程五百七十三迈，有居民约百馀人。火车往天厘加（银矿之最旺者），由此分路，铸出之银，俱由此运往别处，以去年一年而计，运出巨砖银条约三千一百万零三万八千八百八十四磅（每磅十二两）。是日酷热异常，寒暑针在太阳阴处尚高至一百二十度。四点零二十到嘉伦，计程五百八十三迈，居民约五百人。离此五十里至三百里，银、铜、铁矿处处有之。华人二百馀，亦间有有家眷者，询称离此五十馀迈，名达士咕噜利，系华人挖金处，约四五百人。四点零四十八到模棱，计程五百九十四迈。五点零十四到依儿高打尖，居民约千二百人，是埠初开时，民房俱以布帐暨木为之，今已改用砖石。尼华大邦之大书院，在该处之北。距此二百六十里，有地名急，银矿最旺，熔炉亦多。六点零四十到哈力，计程六百三十迈，有华人二十馀。设一营汛，弁兵无多。

华人淘金

八点零五十到威儿士（译言水井也），计程六百六十一迈，有清泉二十馀处，当火车未通时，挖金之人乘马车往来，必于此处饮马。九点零十二到胭脂偏定士，计六百七十六迈。南望有山谷二：一名喙被栗，一名柯罗吧。谷外溪水湾曲，谷内草木畅茂，牧场最宜，自东至西，阔约十迈。土人近日始于喙被栗山寻出银矿，计熔矿一百吨可得洋银六百元。再迤而南六十五迈，有炮台一座，名曰

挖金之人饮马处

“藿笠被”。稍偏而东，有咸湖二：一名佛兰玲湖，一名笠被湖，每遇湖水泛涨，两湖可以相通。民居不过数十间，俱系退闲兵丁居住。

初七日　十一点零十五到满爹罗，计程七百一十五迈，是处离海高四千九百九十九尺。十二点零十五到噜顺。一点零四十五到爹利士，乃尼华大邦兵站也，计程七百五十九迈。三点零二十五到机利顿，计程七百九十迈，系乌大属所管，初因民人不满四万之额，故曰属，属虽不立督抚，亦得派人在美都下议院议事。该属旧为墨西哥所辖，一千八百四十六年美墨失和，罢战后始割此地归美。先是有摩门教首名布力衔央者，其教与花旗各邦不同。西俗：男子不娶两妇。该教则准置姬妾。美廷以其教异己，屡屡发兵拘制，欲其改辙而不听。于一千八百四十七年七月二十四号，率其教人迁居于此，初不过二百九十三人，现计约十三万馀。该教首于去年始卒，临死尚有姬妾十九人，小儿女六十七人（成丁者不计）。曾见其影相图，询之土人，俱云不诬。地产五谷，百果皆宜，金、银矿、煤、铁、铅、朱砂、宝石、玛瑙，处处皆有。又产硫黄、硝盐、石羔、黑铅、疏打粉、砖土、云石、青干石、红白粉、石灰石等类。该教例禁开山，近日始招人于圹野中开挖三十馀处，乃知各矿成色甚高，若一旦开禁采用，富当不赀也。夏日苦热，绝少清泉，日用所需，俱由远方运来，亦有饮沟中积雨者。火车路旁，亦广置水桶，储积清水，以备火车之用（每日专用火车一辆取水）。往阿利坚

摩门教习俗

4,7,7

那、衣打贺属由此分路（无火车，用马车）。

四点零五到门纽问，计程八百零七迈。地枕大盐湖，时湖风扑面，腥秽难闻，入毛不沉，有似青海水味咸苦，产盐极旺，湖边有盐灶百馀座。五点半到布郎门多利，计程八百二十迈，东、西两路火车于此分界（由此东到纽约、大西洋，归东轮路公司。西至旧金山、太平洋，归西路公司）。一千八百六十九年（即同治九年。按：应为同治八年），始行接续。六点零五十五到哥连，计程八百五十六迈。八点到恶顿打尖，计程八百八十一迈。自金山至此换车，停候半时。此埠离火车房七里许，地高四千三百零一尺，居民约六千五百多，是摩门教人（为喊嘿郡首邑），有酒店数间，道旁摆卖五金矿及玛瑙、宝石之类，地气温厚，物产丰盈。十点零四十五到烟大，计程八百九十迈，地势离海高四千五百六十尺。当一千八百六十二年，摩门教党与摩利士教党于此争杀（摩利士初亦摩门教，后欲自为教主，故启兵端），相持三日，将摩利士党人杀尽，获其男妇三百馀人，充作苦工，建第宅，广阔数十里，可容数千人，后美廷派兵前往提放，始得此三百馀人释出。十一点零五到爹胡路吉他（译言鬼门关也），计程八百九十五迈，崖石崎岖，绝少草木。十一点零四十五到威罢，计程九百零七迈，居民约一千左右。十二点零四十到益个，计程九百二十三迈，居民约二百人，是处煤矿最旺，亦有铁矿。一点零四十到加士杜路洛。二点零二十五到华刹治，是处旧为野番游猎之所，有石山一座，于石

大盐湖

教派纷争

中凿通，以利车行，计长七百七十尺。

三点钟到伊尹士顿（乃烟大首邑）打尖，计程九百五十七迈，居民约千馀人，有华人数百，俱系挖煤、开路者，酒店侍役亦系华人。偶见门额有“东道寓所”四字，询系华人聚会之处，亦有住家于此者。土人伐木烧炭为业。离此十里有煤山，名呀儿骂，产煤极旺，约用工人八百，华人居十之七。四点零二十到呀土便，此处离海高七千八百三十五尺。连日暑气熏蒸，几不能耐，而远望山顶，尚有积雪未消。四点零五十到必问，计程九百九十七迈，居民寥寥，约三数十家。五点零五十到加大，计程一千零一十迈。六点零四十到策治不士，计程一千零二十七迈，土产玛瑙石最多。七点零七到加哒北。七点半到麻士顿。七点零五十到布尽士仁，计程一千零六十九迈，约有居民四百人，濒河而居，有理刑衙门一，颇华丽，从前火车公司设此，因与土人不睦，改由河上搭桥而过，今已萧索矣。九点零四十五到洛士不领士，计程一千零八十三迈，地多产煤，又有涌水泉，泉源甚旺，但味咸，不堪入口。十一点零二十五到些儿地威而士（译言盐井），计程一千零九十七迈，地产煤，多野兽。十一点零五十到潘他阿父不洛士，计程一千一百零九迈，有挖煤公司，名曰“怀阿名”，煤炭用机器挖之，每日可得一百车载（每车载二万二千磅）。又产蠔壳在大山中，土人建窑于此，烧灰贩运远近。

煤矿多用华人

机器挖煤

初八日　十一点零二十五到不叨毕士。十一点零五十

4,7,8

到毕大其力。十二点零二十五到嗟步洛（译言平石也），计程一千一百三十九迈，此处离海高约六千八百九十尺，石皆红色，不堪器用。一点零一十一到列哆述。一点零四十到华殊呀低。二点零四十到其李士顿，计程一千一百七十七迈，是处离海高七千零三十尺。三点零十二到舌巴李顺（译言离别也），当初开轮路时，各公司延请地师聚会于此，然后分诣东、西勘估，故有是名。四点零二十到罗连士，计程一千二百零五迈，有居民八百人。离此东北一百三十里，有银矿，颇旺。五点零一十到五藿是士低儿，计程一千二百一十八迈，此处离海高六千八百四十尺，有炮台一座，建于一千八百六十八年六月三十号，弁兵无多。五点零五十八到胜马利。六点零四十到巴士。七点零十一到哈柄（系哈柄首邑），计程一千二百五十八迈，地产煤，不甚佳，止堪火车之用，去年约出煤八万吨。七点零五十到勿地顺哺。八点零一十五到哥无，计程一千二百七十六迈，该处有一湖与地同名，宽一里半，长三里。八点零五十五到落其列打尖，计程一千二百九十一迈。九点零十二到米沙。九点零四十五到碌区。十点零八到古巴士咧，计程一千三百一十二迈，有湖一，与地同名，长七里，宽一里半，居民皆沿湖而居。十点零三十五到歪庵命。十一点零一十到拉拉米坏沙名（属拉拉米郡首邑），计程一千三百四十七迈，居民约四千人，屋宇浅窄，俱以木为之，近亦有改用砖石者。连日经过沙漠，乡村俱寥寥数椽，间有市站，多则百十间，少则十馀间，独此处颇称繁盛。火车公司于此设铸铁局，颇宏壮，用银一十二万七千元。查西例，理刑衙门陪审人员俱以男人为之，独该郡陪审用女人。由此西至旧金山，所有火车站头俱用华人，或百十不等。由此东北而往，则少华人矣。是地草场丰茂，畜牧甚宜。十二点零一十到藿山大士，计程一千三百五十四迈，有炮台一座，建于一千八百六十六年六月二十三号（即同治六年）。十二点零三十五到不咧士，地产橡木，极大。十二点零五十到虾尼。

独该郡陪审用女人

“同治六年”应为“同治五年”

一点零二十五到沙问（火车路所过落机山之至高处，闻美国有一将军名沙问，其身材最高，故以此名之），计程一千三百六十五迈，离海高八千八百四十二尺。是处天气，寒暑针至热八十二度，至冷三十度。以后东南一望千馀里，皆荒郊坦野，人烟绝少，旧为胭甸野人游猎之所，当一千八百六十九年火车初开之时，野人不服，屡出杀掠，所杀白人、华人以千计，野人死亦不少。后美廷发兵以威服之，近又设边吏以镇守之，该野人遂移徙深山之中，离此约五百迈。间亦有出至附近山谷打猎者，但须托熟番先求边吏允准始可，否即杀而勿论。途中所见野人，红面如脂，发黑若漆，男女俱穿耳留发，不束身，体粗壮，五官亦整，见人辄笑而讨食。又见男妇两人，面抹黄土，各骑白马，身衣兽皮，手持羽扇，头戴皮冠，脑后两带下垂至腰，俱插羽毛，询之土人，云此系熟番头人（途中所见俱熟番）。又云：生番远处深山，草木轇轕，无路可通，间有互市，非熟番不能到（亦无人晓其言语

胭甸野人（印第安人）

4,7,8

也）。近日美廷于此一带广设礼拜堂，欲使熟番招之入教，教以言语，给以粮食，使之耕种，烈山泽而驱恶物，诛草莱而播嘉禾，秽墟将变为腴壤矣。

一点零四十五到标拂。二点零一十到加兰奸嫩，计程一千三百九十八迈，系坏阿名属省会。自恶顿至阿麻虾，以此埠为最大，于一千八百六十九年始行开辟，有民人六千，有书院数处，理刑衙门一处（用银四万）。又有大酒店（用银七万）、戏园、跑马场，通美国马鞍以此制造为妙。人少务农，专以商贩为业。四点钟到呀查。四点零三十到熙利士爹儿。五点零三十到嘤地立（系尼不拉士格邦属邑），计程一千四百六十二迈，地产金钱鹿，土人多捕鹿为业。七点零十五到砵大。八点零五到失尼打尖，计程一千五百迈，居民约一千五百人，地土卑湿，不堪耕种，俱畜牧为业，往往有一家养牛羊至数千头者。九点零十一到律治夷路。十点零三到昭凭不。十点零四十六到不士冰领（译言大水泉也），计程一千五百五十三迈，有大水泉，泉源甚旺。去年九月十八号有火车过此，为匪党十二人蒙面行劫，计劫去该公司银六万五千元、金表二个，另客人银一千三百元，后悬赏万元，拿获三人，治以西法，尚不能追足原赃。 蒙面行劫

初九日　十一点零四十到嗯加拉赖。十二点零一到啰士个。十二点零三十五到嗯哥儿。一点零十五到阿花伦。二点零二十到那乎不辣，计程一千六百二十三迈，居民约二千人，俱牧牛为业，三年前民居寥寥，近始兴旺。二点

零五十五到马福顺，计程一千六百三十七迈，有汛地，弁兵无多。三点零二十到布礼地。五点钟到布林其咧，计程一千六百八十四迈，约有居民五百人，有书院一，衙门一。五点半到阿华顿，五点零五十到吙其列，俱木屋数间而已。六点零四十八到加尼，计程一千七百二十三迈，居民约一千二百人，有书院二，银行二。七点零八到呦笨，居民约一百人。七点零四十七到活李华（译言本沙也）。八点零四十五到其兰哀伦打尖（译言大岛也），计程一千七百六十迈，有居民一千五百人，铺户颇多，地枕不辣河，离此七里，有大海岛，长二百五十里，阔四十里，因以为名。九点零一十五到拾问。九点零四十二到陇其里（译言独木也），计程一千七百八十二迈，有居民六百人。十点零一十到哈勒士。十点零四十到利华其力（译言银湾也），计程一千八百零五迈，约有居民二千人。东北一带为野人所居，近日设官于此，教其种植，给以籽粮，渐变为熟番矣。十一点零五到侧顺。十一点零二十五到哥林嘿士，计程一千八百二十二迈，有居民二千人，有书院数间，银行二间。此地颇称沃壤，极宜耕种。十一点零四十五到力治兰。十二点零五到柴赖，计程一千八百三十八迈，有居民八百人，又有衙门、监房、书院。十二点零四十五到那士边，有民房七十馀间，民人三百馀。一点零五到结针。一点零四十到夫里文（达士郡首邑也）打尖，计程一千八百六十七迈，居民三千五百人，铺户约八百间，有衙门、监房，又有书院数间。二点零十一到华利。

4,7,9

二点零二十八到益康，计程一千八百八十五迈，地近益康河边。三点零五到巴被灵（沙皮郡首邑也），居民约一千人。三点零十七到基利摹。三点零四十五到阿麻虾换车（系尼不拉士格邦大郡），计程一千九百一十四迈。此埠于一千八百五十四年始行开辟，今已杰构云连，楼台重叠，约有居民二万四千人，有衙门一，费三十五万而成。地枕密士疏利河，商贾辐集，民多务农。附近一带矿苗亦旺，有熔矿局，每年出银约五百万元。有酒店十七间，大书院一，中书院二，小书院数间。该处商绅当建书院时，凑集洋银四十三万元以为义学膏火之费，每年延师四十四位，教学生三千人。另有大书院一间，颇清雅，约可住学生四百人，计建费不下五万五千元，系孀妇名加礼顿拨出者，另送银十万，发商生息，以为递年延师之费。又有兵房一所，约可住兵一千名。埠之东北，有铁桥一座，长约五里，上铁下石，有铁桥墩二十四只，其柱俱八尺五寸径，费二百五十万元而成。是晚在车上打尖。五点零二十五到干司路补拉乎士，计程一千九百一十六迈（系挨阿华邦不多华多味郡首邑），又曰会议冈，当一千八百零四年初开埠时，与野人在此会议故也。现有居民一万四千人，有书院数间，又有别院以教聋哑者。土地膏腴，少歉岁。七点零一十七到哑窝加。八点零二十到尼阏的。九点零四十三到崎士。十点零三十五到的之达，计程二千零七迈，沿途溪水交错，耕牧皆宜。

密士疏利河（密苏里河）

孀妇捐资兴学

大铁桥

初十日　十一点零七到地些陀。十一点零二十五到奔马喊罗。十二点到地士毛烟，计程二千零四十二迈，乃埃阿华邦首会，在地士毛烟河、拉观河口，有议政院，极华丽，居民约一万五千人。一点零十二到嗬儿化士。一点零四十五到纽顿，计程二千零七十七迈。二点零七到其乐，计程二千零八十六迈。二点零四十五到吉领妳儿，计程二千零九十六迈。三点零十一到马利襟，计程二千一百零六迈。三点零三十五到不碌连，计程二千一百一十二迈。三点零五十到域坐，计程二千一百三十迈。四点半到马领个，计程二千一百三十二迈。五点零一十一到恶士佛，计程二千一百四十七迈。五点零五十到挨阿华薛地，计程二千一百六十迈，地枕河边，溪水环绕，平原广坦，日渐开辟。六点零三十二到威士的礼边的，计程二千一百七十九迈。七点半到威利顿增顺，计程二千一百九十一迈。八点零四十五到爹云砵，计程二千一百九十六迈，系挨阿华大郡，在密士失必河旁，是河长约万馀里，河上有木桥一道，长数十丈，河下火船往来不绝。有铺户千馀间，居民约万馀人，地气温和，物产丰厚。过桥到洛哀伦（译言石岛），有桥数道，有炮台一座，为密士失必河握要之地。九点零六到摩拉吾，计程二千二百二十迈。九点零四十八到专尔师阿。十点零五到呢建顺。十点零十六到喽拏湾。十点零三十五到些煇耳。十一点零七到低士机利华，计程二千二百七十七迈。十一点零十三到雕罗曾顺。十一点零五十九到吣噜。十二点零八到拉沙罗。十二点零四十到尼多华，计程二千三百一十五迈，跨依邻奴士河，左右

密士失必河（今译密西西比河）

4,7,10

两岸居民约八千人，沿途乡村稠密，腴壤极多。十二点零
五十到马些路。一点零二十八到摩利士。一点零五十到免
奴家。二点零二十到左李咙，计程二千三百五十九迈，在
地士毛烟河东岸，地产石灰，附近一带，建造多仰给之。
二点零三十五到莫坚拏，计程二千三百六十九迈。二点零
四十八到布里问。三点零五到布鲁哀伦（译言兰岛）。四
点钟到诗加古换车，计程二千四百 十迈，乃衣邻奴士邦
大市镇，地近勿士镜河之西岸，东临诗加古大河，因河道 诗加古(今译芝加哥)
歧流，地分三段，上架飞桥以通往来，万厦整洁，街道宽
广（每街道阔八十尺），为东北一带火车路统汇之所。有 河底隧道
石暗道二条，由河底而过。又于地中开一暗道，以便马车
行走，长约一千六百零八尺（费四十万元）。是镇开辟于
一千八百零四年至一千八百三十年，仅木屋十二间，居民
百人，近已有居民四十万之多。地产五谷、百果、材木，
贸易以米、面、牲口为大宗（通国贩买米、面，以此埠
为最多），即牲口交易，就去年一年而论，约值银七千五
百四十五万。又有制铁、炼矿、织棉、磨面、靴鞋等局，
约用工匠五万人，华人在此佣工者数百人。有大书院一间
（建造费十一万元），小书院数间，教习医士院六间，花
园六所，大酒店六间，街车、马车处处皆有。又有水池，
形如方塔，高一百三十尺，用机器运水，每日可运七千二 水塔
百万加仑（每加仑重五斤），通埠商民仰给于此。又闻此
处于一千八百七十一年遭值回禄，计焚去民房、铺户七千
四百五十间，货物约值银一万九千万元，保险公司赔偿者 保险公司

约四千四百万元，因而关闭者多所。有按察衙署、税关、书信馆、通商局亦遭焚毁，前两年始行修复，费银五百五十万元而后成。五点零一十开车，七点零五十五到拉砵打尖（英厘安纳邦属邑），九点零四十五到益檄，十点零一十到高顺，十点零四十二到叻呢亚。

十一日　十一点零十七到乾打威儿。十一点零四十五到华打嗧。十二点零三十七到不狠仁。一点零二十五到华而安。二点零四十到拖梨坐（倭海阿邦大郡），地枕摩味河，离伊厘湖尚有十二迈。当一千八百五十年，仅三百八十馀人，近已有居民五万。物产丰盈，商舶辐辏，出口以谷米为多，制艺有炼铁厂，专制火车、马车、农器等件，又有磨面局、蒸酒局。四点零十二到砵其连顿。六点零二到利利哑。七点零五到其里夫阑，在古雅可嘉河傍，对岸旧为倭海阿薛地（薛地，译言城池也），近已兼而名之曰其里夫阑。河道深阔，泊舟极稳，常有挖泥机器疏通河道，以便舟楫往来。有木码头二处，筑出伊厘湖数百尺，该湖阔六十迈，长八百迈。街道方整，民居稠密，有桥梁数道，横架古雅可嘉河上，居民约一十六万。地产五谷外，兼产蘊磺水材料、云石、白铅，制造以铁器、煤油为最（通国出产煤油以此处为最多）。有书院一间，专教女子。公家书院数间，专教幼童。藏书楼二所，每所藏书一万五千卷。又有医院四间。穷人院一间，贫而无告者于此栖息，饮食皆出公项，本人不费一钱。

女子书院

免费穷人院

八点零二十到边是嘁儿。九点零五到哑是的哺辣

4,7,11

（宾夕尔勒尼安邦属郡）。九点零五十到北力。十点零二到伊厘。十一点零四十到登却（纽约邦属郡），在伊厘湖之东南岸，沿湖多筑堤坝，泊船之处，亦以人力筑成。有机器局一，锯木局一，专尚工艺，物产无多。十二点零十五到不乎罗，计程二千九百四十五迈，在伊厘湖之东角，居民约一十四万，为火车路往来通衢，西省之谷米贩往东省一带，必由此经过。有囤谷栈三十一间，每间可囤七百四十一万斗。贸易以濒海为最大。有炮台一座，颇险壮。书院最多，每年蒙童入院读书者约二万一千人。又有癫人院二间，教聋哑院一间，育婴堂数间，医院数间。旧为法人所居，多蓄野牛，于一千八百十三年与英国开仗时，此处受害最惨，止存民房一间，今尚完好，土人留此以作古迹。港口近为沙淤，舟行多滞。迤北有河名曰加哑辣，与安剔衣阿湖、伊厘湖相通，英、美以此河分界，北岸属英，南岸属美，两国皆设大帅于此以镇守之。又于河上架飞桥两道（一以便火车往来，一以便游人行走），其桥不用桥墩，四面以铁缆维之，两岸各建桥楼以挽铁缆，高约数十丈，南楼阔八十尺，北楼阔七十八尺。东、南、北三面皆大瀑布，西人云：通地球瀑布，此为最大。北曰马蹄瀑，阔二千尺，水流自高至底，一百五十四尺。东、南两瀑与河同名，南阔六百六十尺，东阔二百四十三尺，水流自高至底，皆一百六十三尺。石峰壁石，湖水奔腾澎湃之声，不绝于耳，水花如雪，远望只见白光飞舞。岸傍有屋数间，内设绞车机器，下通水轮，以为升车上下之用，车

癫人院

加哑辣河（尼亚加拉河）

大瀑布

观光缆车

如小室，可坐一十二人，四面玻璃透亮，有门以便开阖出入。对岸树林浓翳，山上建有亭榭，游人上下亦坐升车，如小舟式，亦系水轮运转。离此二迈，有转水潭，因水急流至此湾曲而转，故名。又有风洞，因地下浮沙随流而去，上馀坚土，形似瓦面，水气由洞口而出，故名。是处风景幽绝，天气清和，每至炎夏，举国官绅多来避暑。英界有酒店一间，颇雅洁，是日停车同各随员乘马车游历并犒赏饮饭等费约用一百八十馀元，由（兰彬）薪水拨给。

十二日　八点钟到阿儿宾尼打尖。十一点零五到四北岭非尔（麻沙朱色土邦属郡），计程三千三百一十六迈，地毗干捏底吉河（河之东属麻沙朱色土，河之西属干捏底吉），在哈富之北二十六迈，有居民三万馀人。又有军械局，在高岗中，每日用工人七百名，常存洋枪一十七万五千杆。当南北花旗开仗时，该局日夜不息，共造就洋枪八十万杆，费一千二百万元。有按察司衙门（建费二十万元）。又有藏书楼一所，藏书三万二千卷。书院数间。

哈富

十二点到哈富（即哈富德耳，干捏底吉之首会），计程三千三百四十二迈，是埠阔三十三方里，居民约三万七千馀人，正枕干捏底吉河旁。又有一河穿贯埠中（名曰柏河），上架桥梁十一道，东西哈富相连处架木桥一道，长约一千尺。于一千六百三十三年之先为荷人所踞，现尚有一处名曰“荷兰国”（在干捏底吉河、柏河之中），后二年为英人侵夺，始改今名。工艺精巧，贸易颇盛。有大、小书院，于一千八百一十七年另设一院以教聋哑（通国

4,7,14

设院教聋哑者以此院为鼻祖）。十二点到中国驻洋肄业总局，局在柯仑士的（士的，译言街也）第四百号，与副使容道（闳）及驻洋委员区主事谔良、容中书增祥等相见，谈悉美国伯理玺天德及其各官皆已避暑外出，须中秋后始回署办事，因偕随员等暂驻该局等候。此后兰彬及各随员伙食均按薪水多寡匀算。

会见容闳

十四日　晚饭后，与区主事等瀹茗闲谈，见月蚀过半。

十九日　随员等往观跑马，回称：离此三里，有地一段，极宽平，为较马场，四围缭以短木栏，栏外周排木架，架六七级如阶，男女观者列坐栏内，环开马路，宽可方轨十馀车。中段径约三里，高盖采棚，掌会及公道人踞坐其上。旁小台二，一为厨传，一为乐亭，客来马车，亦可入内停卸。来较马者，先于场外牧放饱腾。该处林树阴翳，列肆整洁，随意茗谈。届时各驾小车，以十辆为群入场，齐集听号，并驱齐骋，电掣飙驰，每终一匝，棚上高唱甲乙，细乐竞作，诸人鼓掌以贺。三匝皆先，遂得重彩，其马已声价顿增，闻有值至五千元者，千金市骏，良非侈语。土人言：每年春、秋佳日，各赛一次，赴会者固不远千里而来，相马者尤欲于此物色云。

赛马

二十三日　闽尼疏打邦有会董函邀看会，据称八月初间开会，旬馀始散，绅商咸集，各国使臣率多亲到，伯理玺天德亦必临观。兰彬以未递国书，辞之。美国绅商多有欲亲华官者，凡有庆会及园林名胜，每函订游玩，间令随员三数人赴约，以领地主之情。

二十七日　新闻纸称埃利士党魁加尼亲见伯理玺天德，求其删改和约，设法驱逐华人，未知确否。月来闲住，令随员等翻译各处新闻纸，见其谈及华人，必备极丑诋，又凭臆论说，凡可以欺凌华人者，无不恣意言之，甚且谓国政尚由民主，所有设施，官府断不敢不准行。间有持论稍平者，究亦祝少而诅多。各处日报，连篇累牍，多系此种语言，令人阅而愤懑。钞已盈箧，兹不具录。

美新闻纸丑诋华人

二十九日　容副使偕叶主事源濬往华盛顿，租定耶夫街第二千九百二十五号宅为使署。

八月初四　有福州人黄建勋自鸟砵来见，据称系光绪二年从李观察凤苞出洋学习水师者，同来三十人，其十八人令往德国，在英国者十二人，内有金〔应为“刘”〕步蟾，在利诗兵船；林泰曾，在平利露卑兵船；蒋超英，在济生兵船。俱驻守英国港口。江懋祉、林永〔应为“颖”〕启，在立可真兵船，游巡地中海。严宗光，在格林书院。方伯谦、林永升、萨镇冰、何心川、叶祖珪，在地中海、东印度各处兵船。伊则在彼利笋兵船，往来南北花旗及西印度一带。昨因该船驶至鸟砵（洛哀伦邦埠头），知有中国官到此，特来谒见。

出洋学习水师的中国人

与谈其所住之船，云该船系铁甲，重载六千八百吨，马力一千四，有水师兵六百名，陆路兵二百馀，盖水面交战，则水师之力居多，追敌登岸，必须陆兵也。提督一员，名入可老时。老船主一人，名达四阿。法令官一员，名被蒙。都司八员，守备三员，医生三员，管帐三员，管

4,8,4

轮六员，管理驾驶事务二员，学生十四人，教士一人。其将台在烟筒之旁，式甚窄小，远望只如风筒，所有千里镜、量天尺、电气线、发气筒，俱置于内，逢交战时，止提督与船主二人登此指挥，各弁兵俱在二层舱。该提督统带兵船十八号，临敌惟以发气筒进退之，如欲某船击东，某船击西，但放气筒，彼船即能视气以作行止，此系暗号，除提督、船主外，不许一人得知，如有偷看者，虽弁兵亦按军法也。其军器则有径十六寸大炮十位，径九寸大炮二位，十二磅子炮十二位，又贺炮及三板炮六位。又有水雷三种：一曰白头雷，别国未有者，形如鲤鱼，头有铜电气数条，尾藏机汽，量敌船之远近，用机汽之多少，计可到船触发，即敌船来猛，中途碰着鱼头电气亦发，至于浅深，则于雷身量加铁条，如敌船入水一丈，该水雷则沉至一丈，尺寸仿是；一曰霞米雷，其形方，中安铜电气一条，上加长铁条，用绳绑于船尾沉落水中，如遇敌船尾追，压动铁条，即被轰裂；一曰上尖雷，其式尖，亦量敌船远近，发以机汽，但其枢纽在己船上，须用千里镜瞄准，发始命中。三种之中，最便而利者莫如白头雷，惟敌人机警，未出海之先已将船身入水浅深之字号改抹，以少注多，则水雷从底而过，无济于事。又称海上交锋，总要视敌船何舱系藏火药，专攻其药舱为要（某舱某物必有一定程式）。近日西人极意讲究水雷，而炮已为第二义云。

发气筒（信号弹）

水雷形制

白头雷最为便利

初九日　为该处农事赛会之期，凡牛羊菜果之属，培

农业博览会

畜得宜，硕大肥腯者，皆送会中陈列，以示劝农。器之新造而便于用者，亦聚焉。其犁车有生铁、熟钢二种：生铁者以犁地，熟钢者以垦荒。用马二三匹，一人御之，一过深可尺深，宽可尺五六寸。又有乃奴土新式犁，前有小铁轮达于车中，可上下以取浅深之度。其割车，左有大铁箕，离地寸馀，箕口有直铁齿排列上下，可容割刀往来，割刀亦排列如锯齿，尾连曲柄于车，车行则箕口直齿插入麦中以约麦梗，而割刀游刃于其间，麦梗立断，自然偃于车中，另于车侧安木梳，运动令麦偃车中者扫出，车后用二马，一人日可割六七十亩（外国亩数，计中国约三倍）。又有风轮取水器以资灌溉，其轮侧立两轴平运，轴前为轮，轴后有尾如柁，常顺风势，故轮面迎风而转，无论风来方向，轴有曲拐连于抽水器以抽水，此法详载于《泰西水法》及《奇图式》二书，而柁之设尾则始自近年，尤为不縻风力。又有打麦器，形如载客之火轮车，一头有轮以便移动，一头有轴无轮平置地上，前仰后俯，两轴之身，联以循环，铁链链上，围以木板，从车前进，麦穟于板上，马从后入践之，马行板上，板即下移，马复踯步，板又下移，马在车中，不离故处，而木板周而复始，粒皆从木缝中坠下，梗从车后退出，更进以麦穟如初。又有捋包粟之器，用二直立铁轮，一动一静，轮面有粗齿，其静者更加缘边，用人摇之，包粟从顶纳入，经擦磨之后，粟米与中瓤各自坠出。又有播种器，大略同中国所用，惟前有小犁犁土，种自斗底坠下，另斗漏少水浇之，

收割机

抽水机

打麦机

播种机

4,8,11

又随有八字小铁铲铲土覆之，更加以轻碡碌压土令平。此数种俱巧便异常，真农家利器也。

十一日　偕随员往游多吉山，山在哈富西十馀里，不甚高峻，而四山低伏，遂有一览众小之概。南北争战时，于此架木楼以瞭望虚实，后即以时增修，为游人登眺。其下山塘清泚可鉴，林峦幽静，亭榭宽旷，夏日避暑者络绎不辍，是日适天气微寒，客来颇少，只晡后有少年男女七八人同车而来，登台跳舞，楚楚有致。

十四、五、六等日　各艺避暑者陆续回院。各随员连日往观其书院、医局及聋哑院。据称该书院系中等，内有学生男子二百馀人，女子百馀人，皆年在二十左右，须由小书院学满四年，考录送进院中，分堂教授，所有天文、地舆、光学、化学、矿学、画学、格致、制造，以及医、理、法律、文史等法，均列图备物，口讲指授，不独架有其书，徒供耳食。中国学生有三四人，初进此院，以英语口译拉丁文籍，聆其背诵，尚属流利。其医局二处，一系国家例设，一系商民捐办，均洒扫虔洁，陈设鲜明，凡病人到院，一切药饵食息，医师不时料理，多有无甚大病者亦来此静养。另院聚诸疯子，颠狂之状，变幻不一，其医师云：病此之人虽多，实系膏肓不治者亦少，凡思虑不遂皆足成痴，故但如其意之所欲，哄诱警觉，如彼为货财，则多聚珍宝供其拊摩，彼好尊贵，则奉以衮冕任其呼叱，往往有久而自悟者，每年院中放出者，或三五人，或十数人。其教诲聋哑之法，则将其二十六字母演为手法，此以

疯人院

教诲聋哑之法

手问，彼以手答，百试无差，兼能以手作势，彼即操笔为文，不失意指。其馆师云：哑子无不聋者，若但聋而不哑，尚易为力。谈次传出聋子数人与之觌面说话，如响斯应，掉面则否，盖不用耳而用目，见人唇舌即能通晓也。

又往看织局者回称，局在修夫晚车士达，离哈富东三迈程，创设者名千尼有，今归其子三人管业。初到时，千尼有第三先请到伊家饮酒，然后引看其总机器，大约与明轮火船之机器相似，但船上用锅装水，照顾不到，即有水干锅拆之虞，此则于轮后开火炉十二座，每炉上置大铁罐九只，外糊厚土，中贮清水，火势一炽，其水自热，于近轮第一炉置大汽管以纳其气，又于管旁设螺丝以便启闭消息，而于第十二炉上设一凉水管，开一小眼，使水能出而汽不能入，若炉中少热水一分，即凉水滴添一分，可以终日无人看守而不误事，系近日新法，各艺局多已仿效。其

丝织厂

扒丝、卷丝、出线、染线、梭织花样，各有机器，大抵先将蚕丝抖乱扒烂，卷作一团，扯出粗线，染色过浆，用火床焙干，然后纺成幼线，若织双丝，又将幼线合纺，较之中国机房，虽迟速迥别，但转折太多，又不论精粗一律造作，故其绸缎仍逊中国之细致光滑。申后，千尼有第二邀过其家便饭，谈及伊父在日，曾到中国买丝，上海、广东各处官商极为优待，归向其兄弟言之，今得见中国官员，十分荣幸。问渠局中用工人多少，据称现用一千五百人，女工居其八，每人月给薪工有六七十、三四十元不等云。

参观军械所

又往看格林炮局者回称，初到时，其主人先领看军械

4,8,14

所，则各国新旧戈矛枪弹诸式俱全，系采购以资参究者。登楼观其手枪，所制新式比旧枪分两既轻，施放亦便，旧枪或药弹分入，或药在弹内，皆用一铁机磕打铜帽然后能响，稍不小心，或有失火、蕴弹等弊。此则枪身圆滑，但于下面着手处装两活机，抽其后机则锁开置弹，随手关回，再抽前机则弹出，可至二里之遥。据称俄国定购此式三万支，每支价银十七元，弹子每千粒银二十五元，现将造毕，下月即可照交。又有炮，略如中国前此所购之样，但通身加包厚铜，以免尘蔽涩滞，炮右摇机则改在炮后，炮车之轮亦略细小，其定炮之螺丝枢轴亦较灵捷，高低左右随手转动毫不费力，可打至五千馀中尺。询其时价，则较前数年已大减跌，径四分者，每位须银七百元，弹子每千须银三十五元。径一寸者，每位须银二千元，弹子每千须银二百三十五元。更有径一分者，体质轻便，用于船上尤宜，价与四分径者同。随至其试炮所，则在旷地中建一木屋，实以白沙，屋板着弹处疏密高下俱有准痕，约十息顷（一微厘分为六十息顷），已发去弹子三包（每包四十粒），其后一包系我辈试放，与熟手者仍有迟速之分，想渠说一微厘可发千弹固非虚语。又称：每炮一位，须用五人料理（点炮二人，放弹三人），临敌时，每炮须计备万馀弹云。又引行里许，往观其祖坟，则用铁栏围方丈许，中竖白石，高约三丈，顶琢六角，如钟鼓亭式，石自英国买来，用银五万元云。又左右皆别家坟地，石华表大小不等，其所雕刻，有山水者，有人物者，有注其生卒年月

新式手枪

大炮价格

葬俗

者，有写其生前所制何艺形式者。据称，国例：葬地须由官择定，不产煤、硫、五金，始指给人丛葬而取其值，又不立茔兆坟院，葬时亲朋人等各用生花供献，掽土后子孙多不过问，其拈花到坟泣供者间或有之，则夫妇情重者也。

阅兵式

十八日　干捏底吉邦操阅民兵总兵官摩觐函邀往看，有随员数人赴约，回称：此去二百里地，名乃安的，系大西洋海旁，是为较场。某等初至，与其总督恰弼握手相见，坐谈片时，随令营总给予照纸，并命军官一员领往周视营垒，所过弁兵皆以军礼见，弁将新旧枪式、大炮、弹子等件演试讲说，随营医生、教士及绘图、照相人等尤殷拳接谈。中饭后，各兵腰刀手枪结束出帐，分为两翼，翼约各千人，号衣一红一皂，不许搀越，皆用乐手导前，炮车压后，军官骑马往来指挥，教师按剑随步提唱，旗帜却不多用，止竖大旗于中，两翼各有引旗一、令旗一、炮旗一而已。先则按步徐行，旋转数匝，继而各分小队，或十或五，或纵或衡，号令所宣，罔不齐一。校练多时，施放手枪，仍整队成列。点演大炮，然后偃旗散伍。我辈向各官赞颂，则云此系民兵，平时不食口粮，止每年赴操时给以饭食，尚不甚整齐，非额兵比也。因询其通国兵数，据

美国陆军人数

称有步队二十五旗，计兵九千三百七十五，弁员八百七十七；马队十旗，计兵一万零九百四十九，弁员四百三十五；炮队五旗，计兵二千四百九十，弁员二百三十；巡缴兵六百，管旗兵四百，营造兵四百，另馀丁八百三十六，

4,8,18

武备学徒三百一十，皆系额设陆兵，归大将军统管。

美国兵船

水师则分布各兵船，计一等船五只，曰哥罗拉度，曰夫阑连，曰闽尼疏大，曰乃阿其拉，曰华巴士。二等船二十七只，曰干捏底吉，曰佛勒厘大，曰挨阿华，曰田纳西，曰安底烟覃，曰查化，曰纽约，曰宾夕尔勒尼，曰纱士贵韩纳，曰阑加士打，曰布绿连，曰边沙哥纳，曰哈富，口里治满，曰干其厘士，曰吴士打，曰地连顿，曰布夏顿，曰阿拉土格，曰民尼西河，曰鸟马下，曰布廉马士，曰力格湾拏，曰的干里罗大，曰干阑底卦，曰满罗拿希拿，曰沈连罗阿。三等船二十九只，曰朱尼安大，曰奥西皮，曰坚尼博，曰司奥打拉，曰加林拿，曰分打来阿，曰乌里安，曰武喜干，曰衣老瓜，曰华周吞，曰怀阿名，曰打士格鲁拉，曰基河沙治，曰阿当土，曰阿来安士，曰衣色土，曰沙阁，曰乃阿，曰疏勿，曰烟得，曰安的布来士，曰臬色，曰阿瑞衣力，曰门奴格西，曰那里干舌，曰阿力，曰连者，曰甘色士，曰密基安。四等船六只，曰夫罗力，曰吉的士百，曰打拉保沙，曰巴罗士，曰地士巴治，曰里荷布拉奥。木质帆船二十一只，曰纽韩西阿，曰纽奥连士，曰倭海阿，曰化孟地，曰干士地里臣，曰干士地都臣，曰烟地连土，曰沙面，曰山地，曰沙湾拏，曰砵士毛士，曰西安尼，曰占士端，曰沙拉都格，曰圣路易士，曰地儿，曰那尼，曰格儿，曰安华，曰利里失，曰计布来。铁甲战船二十四只，曰阿则土，曰奄非地来地，曰干阑尼格士，曰加民治，曰格士基儿，曰格罗沙士，曰得力打，曰则臣，曰里希，曰马合伯，曰门乞丹，曰麻沙朱色士，曰闽丹奴戊，曰阑拏奴，曰满托，曰拏韩，曰闽得吉，曰阿里干，曰巴色，曰标里顿，曰路安奴，曰疏格士，曰打拏，曰威都安地。水雷炮船二只，曰烟地立必，曰阿南。另小拖船约三十只，其容载重者三千馀吨，轻亦四五百，炮位则十数至三四十不等，兵及水手多者四百人，少则四十，而一百及百五十者为常。在各海道港口，或游巡，或泊守，均隶水师部，亦额兵也。至于民兵，如今日所操者，则各邦多寡不一，合三十七邦约可十四五万，无事时各谋生业，闻令即刻归伍，若国有大事，则民二十以上皆从征调，千百万可立致矣。谈次时已加酉，遂别而回。

小拖船

二十日　前驻华卫使三畏来见。兰彬在哈富驻经月馀，土人柏勒、士梯云等及旧日相识者多来晤叙，谈悉美国地处北亚美利加洲之南，纬自北二十四度二十分至四十九度，经线自偏西六十六度四十分至一百二十五度三十二分，东界大西洋，西界太平洋，北界英属干尼大，南界墨西哥。东西二千八百五十迈，南北一千六百迈，内海岸约五千二百迈，统计三百万零二万六千四百五十四方迈。其大山二：东曰阿利塞尼山，高六千二百尺；西曰落机山，高一万七千尺。河以密士失必为最，发源于苏比利阿湖，南流入於海，其支流分于东者为衣邻奴士河、倭海阿河、雅苏河，分于西者为闽尼疏大河、地士磨烟尼士河、米苏里河、阿士沙士河、红河。其馀名河曰干捏底吉，曰赫

干尼大（今译加拿大）

4,8,20

臣，曰特尔拉华，曰沙士基早拏，曰波都麦，曰占士，曰沙湾那等河，皆入大西洋。曰哥伦米阿，曰沙格民多，曰山租京，曰阿罗拉度，曰来阿支那等河，皆入太平洋。

国内现分三十七邦、十属、二部落，广狭不等。

邦(今译州)

其东六邦，则一曰缅，原与麻沙朱色士合，今分地在纬北四十二度五十七分至四十七度三十二分，经偏西六十六度五十二分至七十一度六分，东界英属乌布兰瑞，西界纽罕什尔，西北界英属干拏大，东临大西洋。近海多小岛，稍大者名毛里煞岛，民数约六十二万六千九百馀，胜兵者七万八千馀，会城曰奥格士打，市镇以砵伦埠为大，贸易最盛。一曰纽罕什尔，初附麻沙朱色士，又附纽约，今分地在纬北四十二度四十分至四十五度十二分，经偏西七十度四十分至七十二度八十八分，东界缅及大西洋，西界洼满，南界麻沙朱色士，北界英属干拏大，民数约三十一万八千馀，胜兵者三万九千馀，会城曰庸曷城，市镇以文遮士大为最，砵士毛庶亦大西洋之要口也。一曰洼满地，在纬北四十二度四十四分至四十五度，经偏西七十一度三十四分至七十三度二十六分，北界英属干拿大，东界纽罕什尔，南界麻沙朱色士，西界纽约，民数约三十三万五千馀，胜兵者四万四千馀，会城曰满必里阿，市镇以巴连顿埠为大，擅三布连湖之利，又有民富广马谷湖。一曰麻沙朱色士，地在纬北四十一度十五分至四十二度五十二分，经偏西六十九度五十四分至七十度三十五分，东界大西洋，西界纽约，北界洼满、纽罕什尔，南界洛哀伦、干

“缅”指缅因州

“会城”即州首府

“纽罕什尔”即新罕布什尔州

“洼满地”即佛蒙特州

“麻沙朱色士”即马萨诸塞州

捏底吉，迤东有地伸入海中，长五十迈，民数约一百四十五万七千馀，胜兵者二十一万六千馀，会城曰布士顿，市镇曰纽必里砵，曰奴伦士奴亚，曰瓦诗士打，曰短安顿，曰士布林非儿等埠皆名城也。一曰洛哀伦，地在纬北四十一度十八分至四十二度三分，经偏西七十一度八分至七十一度五十八分，东北界麻沙朱色士，南界大西洋，西界干捏底吉，其民约二十一万七千馀，胜兵者约四万，镇市以布罗非顿士为最，其馀则曰奴砵，曰哥阑尼吉等处。一曰干捏底吉，地在纬北四十一度零至四十二度二分，经偏西七十一度四十六分至七十三度五十分，东界洛哀伦，西界纽约，北界麻沙朱色士，南界洛哀伦海湾，民数约五十三万七千馀，胜兵者六万三千馀，旧以纽希文为会城，今迁于哈富，兴建议院，工尚未竣。其中三邦：一曰纽约，地在纬北四十度三十分至四十五度，经线偏西七十一度五十四分至七十九度五十七分，北界圣奴连出河，南界大西洋，东界麻沙朱色士，西界纽折尔西，东西三百八十一迈，南北三百迈，连海岛计四万七千方迈，民数约四百三十八万二千馀，胜兵者四十八万三千馀，会城曰阿儿民尼，而曰纽约，曰布鲁，曰巴法路，曰茀来，曰罗士边打，曰沙那多架、士布林士等埠皆巨镇；一曰纽折尔西，地在纬北三十八度五十五分至四十一度二十一分，经线偏西七十三度五十八分至七十五度二十九分，北界纽约，东南界大西洋，西界宾夕尔勒尼安，共约八千三百二十方迈，民数约九十万零六千馀，胜兵者二十四万八千馀，会

“布士顿”即波士顿

“洛哀伦”即罗得岛州

“干捏底吉”即康涅狄格州

“纽折尔西”即新泽西州

“宾夕尔勒尼安”即宾夕法尼亚州

4,8,20

城曰地林顿，市镇以奴洼埠为大；一曰宾夕尔勒尼安，地在纬北四十九度四十三分至四十二度，经偏西七十四度四十分至四十度三十六分，东界纽折尔，西南界特尔拉华，西界西勿尔吉尼阿，北界纽约，东西三百一十五迈，南北一百六十迈，统四万六千方迈，民数约三百五十二万二千，胜兵者三十六万一千馀，会城曰乞里士北，市镇以非拉地儿非阿埠为大。

“非拉地儿非阿埠”即费城

其南十五邦，则一曰勿尔吉尼阿，地在纬北三十六度三十分至三十九度四十分，经偏西七十五度十分至七十三度三十三分，东界大西洋，西界坚德基，北界西勿尔吉尼阿，南界北喀尔勒那，东西四百三十二迈，南北一百七十五迈，共三万八千三百四十八方迈，会城曰利之文，市镇有曰佛力打力士北，曰必打士墨等埠，民数约一百二十二万二千。一曰西勿尔吉尼阿，地在纬北三十七度十分至四十度二十分，经偏西七十七度四十七分至八十二度三十二分，东南界勿尔吉尼阿，北界宾夕尔勒尼安，西界坚德基，东西一百六十迈，南北二百三十迈，计二万三千方迈，民数约四十四万二千馀，会城曰威灵，市镇有曰差士顿，曰北加士北等埠。一曰北喀尔勒那，地在纬北三十三度五十分至三十六度三十分，经偏西七十五度二十五分至八十四度三十分，东界大西洋，西界田纳西，南界南喀尔勒那，北界勿尔吉尼阿，计五万七千零四十方迈，民数约一百零七万一千馀，会城曰罗利，市镇有曰威林顿，曰纽文等埠。一曰南喀尔勒那，地在纬北三十二度四分至三十

“勿尔吉尼阿”即弗吉尼亚州

“西勿尔吉尼阿”即西弗吉尼亚州

“北喀尔勒那”即北卡罗来纳州

“南喀尔勒那”即南卡罗来纳州

五度十二分，经偏西七十八度二十五分至七十三度十九分，北界北喀尔勒那，东南界大西洋，西南界若耳治阿，计二万九千三百八十五方迈，民数约七十万零五千六百馀，胜兵者七万七千馀，会城曰哥伦米阿，市镇以查士顿为大。一曰若尔治阿，地在纬北三十二度二十二分至三十五度，经偏西八十度四十八分至八十六度四十分，东界大西洋，西界阿拉巴麻，北界田纳西，南界沙湾那河，东西二百二十四迈，南北三百二十二迈，合五万二千零九方迈，民数约一百一十八万四千馀，会城曰阿阑打，市镇有曰米力之威，曰沙湾那等埠。一曰佛勒厘大，地在纬北二十四度三十分至三十一度，经偏西八十度一分至八十七度四十六分，东界大西洋，西界巴地度河，北界若耳治阿，南界墨西哥，东西三百四十五迈，南北三百八十迈，合五万九千二百六十八方迈，民数约十八万七千馀，胜兵者三万二千馀，会城曰打拉夏西，市镇有曰山阿吉士天，曰山麦，曰基威士的等埠。一曰坚德基，地在纬北三十六度三十分至三十九度六分，经偏西八十二度二分至八十九度四十分，东界北山地河，西界密士失必河，北界倭海阿河，南界田纳西，共一万七千二百方迈，民数约一百三十二万一千馀，胜兵者二十一万七千馀，会城曰附阑福，市镇以乌士威为大。一曰特尔拉华，地在纬北三十八度二十八分至三十九度四十七分，经偏西七十四度五十六分至七十五度四十六分，北界宾夕尼勒阿，东界大西洋，西南界马理兰，南北九十二迈，东西三十七迈，合二千一百二十方

“若尔治阿”即佐治亚州

“佛勒厘大”即佛罗里达州

“坚德基”即肯塔基州

“特尔拉华”即特拉华州

4,8,20

迈，民数约十二万五千馀，会城曰多化，市镇以威灵顿为大。一曰马理兰，地在纬北四十八度至三十九度四十三分，经偏西七十五度四分至七十九度三十三分，北界宾夕尼勒尔阿，南界拉沙伯湾，东界大西洋，西界勿尔吉尼阿，东西约二百迈，南北约一百一十五迈，合一万一千一百二十四方迈，民数约七十八万零，胜兵者八万九千三百馀人，会城曰安那布里士，市镇则有曰布地磨，曰夫力人力等巨埠。一曰阿拉巴麻，地在纬北三十一度十分至三十五度，经偏西八十四度五十三分至八十八度三十分，东界若耳治阿，西界密士失必，北界田纳西，南界佛勒厘大，南北二百七十八迈，东西二百迈，合五万零七百二十二方迈，民数约九十九万六千馀，会城曰文甘布里，市镇以摩美儿为大。一曰鲁安西纳，地在纬北二十七度五十五分至三十三度，经偏西八十八度四十分至九十二度二十三分，东界密士失必，西界得撒士，北界阿干沙士，南界墨西哥，东西二百九十迈，南北二百四十迈，合四万六千四百三十方迈，民数约七十二万七千馀，胜兵者十三万二千人，旧以巴顿鲁治埠为会城，后迁于纽阿连埠。一曰得撒士，地在纬北二十五度四十五分至三十六度三十分，经偏西九十三度三十分至一百零六度四十五分，东界阿干沙士，北、西、南俱界墨西哥，东西八百迈，南北七百迈，合二十七万四千三百五十六方迈，民数约八十一万八千馀，胜兵者约七万四千四百馀，会城曰奥士天，市镇有曰加威士顿，曰厚士顿等埠。一曰密士失必，地在纬北三十

“阿拉巴麻”即亚拉巴马州

“鲁安西纳”即路易斯安那州

“得撒士”即得克萨斯州

“密士失必”即密西西比州

度十分至三十五度，经偏西八十八度一十二分至九十一度三十六分，东界阿拉巴麻，西界阿干沙士，北界田纳西，南界墨西哥，东西一百八十九迈，南北三百三十四迈，合四万七千一百五十六方迈，民数约八十二万七千九百馀，胜兵者十三万五千馀人，会城曰则臣，市镇有曰威士巴，曰那则士，曰阿巴天等埠。一曰阿干沙士，地在纬北三十三度至三十六度三十分，经偏西八十九度四十分至九十六度四十二分，东界仙法阑士河，西南界红河，北界米苏里，东西二百五十迈，南北二百四十二迈，合五万零七百二十二方迈，民数约四十八万四千四百馀，胜兵者九万五千馀人，会城曰地低儿落。一曰田纳西，地在纬北三十五度至三十六度三十五分，经偏西八十一度三十七分至九十度二十八分，东界北喀尔勒那，西界阿干沙士，北界坚得基，南界若耳治阿，南北四百二十迈，东西一百零五迈，合四万五千六百方迈，民数约一百二十五万八千五百馀，胜兵二十三万九千五百馀人，会城曰那士威儿，市镇有曰面非士，曰察丹奴化等埠。

“阿干沙士”即阿肯色州

其西十三邦，则一曰倭海阿，地在纬北三十八度二十四分至四十二度，经偏西八十度三十四分至八十四度四十二分，东界宾夕尔尼勒阿，西界英厘安纳，北界密执安，南界坚得基，南北二百二十迈，东西二百迈，合三万九千九百六十四方迈，民数约二百六十六万五千二百馀，胜兵者二十二万九千七百人，会城曰古偏巴士，各埠有曰新新那地，曰阿彬顿，曰其理夫阑，曰支里哥夫，曰多里都，

“倭海阿”即俄亥俄州

4,8,20

皆大市镇。一曰英厘安纳，地在纬北三十七度五十一分至四十一度四十六分，经偏西八十四度四十九分至八十八度二分，东界倭海阿，西界衣邻奴士，北界密执安，南界坚得基，南北二百七十六迈，东西一百四十迈，合三万三千八百零九方迈，民数约一百六十八万零，胜兵者三十七万七千八百馀人，会城曰英厘安纳保里士，系冲衢，为十四路火车总汇。一曰闽尼疏大，地在纬北四十二度三十分至四十九度，经偏西八十九度三十分至九十七度四分，东界比里阿湖，西界咑哥大，北界英属地，南界挨阿华，南北三百八十迈，东西二百八十迈，合八万三千五百三十一方迈，民数约四十三万九千七百零，会城曰圣保罗，市镇以闽尼阿保利士为大。一曰衣邻奴士，地在纬北三十七度至四十二度三十分，经偏西八十七度四十九分至九十一度二十八分，东界英厘安纳，西界密士失必，北界威士干逊，南界倭海阿，纵三百七十八迈，横二百一十二迈，合五万五千四百零五方迈，民数约二百五十三万九千八百馀，会城曰士布林非耳，市镇以诗加古为最，比阿利阿亦大埠也。一曰密执安，地在纬北四十一度四十分至四十三度四十六分，经偏西八十度二十五分至九十度三十四分，东界衣利湖，西界威士干逊，北界力苏比利阿湖，南界倭海阿，纵四百二十迈，横三百迈，合六万五千四百五十一方迈，民数约一百一十八万四千馀，会城曰兰新，市镇以地低米埠为最。一曰威士干逊，地在纬北四十二度三十分至四十六度五十八分，经偏西八十七度八分至九十二度五十

“英厘安纳”即印第安纳州

“闽尼疏大”即明尼苏达州

“衣邻奴士”即伊利诺伊州

“密执安”即密歇根州

“威士干逊”即威斯康星州

四分，东界密执安湖，西界挨阿华，北界苏比利湖，南界衣邻奴士，南北三百零二迈，东西二百五十八迈，合五万三千九百二十四方迈，民数约一百零五万四千七百馀，会城曰马里臣，市镇以美洼基埠为最。一曰挨阿华，地在纬北四十二度二十分至四十三度三十分，经偏西九十度二十分至九十六度五十三分，东界威士干逊，西界吶哥大，北界闽尼疏大，南界米苏理，东西三百迈，南北一百九十六迈，合五万五千零四十五方迈，民数约一百一十九万一千七百馀，胜兵者十万九千八百馀人，会城曰地士毛烟，市镇以地云砵埠为大。一曰米苏理，地在纬北三十六度三十三分至四十度三十分，经偏西八十八度五十五分至九十五度三十八分，东界衣邻奴士，西界尼不拉士格，北界挨阿华，南界阿干沙士，东西三百一十八迈，南北二百七十八迈，合六万五千三百五十方迈，民数约一百七十二万一千二百馀，会城曰者非臣，各埠曰圣来，曰干沙士，曰圣色约，曰力星顿，皆大市镇。一曰阿利坚，地在纬北四十二度零至四十六度十八分，经偏西一百一十六度四十四分至一百二十四度二十八分，东界衣打贺，西界太平洋，北界华盛顿属，南界尼华大，南北三百迈，东西三百九十六迈，合九万五千二百七十四方迈，民数约九万零九百馀，胜兵者一万七千六百馀人，会城曰沙泵，市镇有曰阿里根，曰砵仑等埠。一曰加科尼亚，地在纬北三十二度二十分至四十二度零，经偏西一百一十四度二十分至一百二十四度二十五分，东界尼华大，西界太平洋，北界阿利坚，

“挨阿华”即爱荷华州

“米苏理”即密苏里州

“阿利坚”即俄勒冈州

“加科尼亚”即加利福尼亚州

4,8,20

南界墨西哥，计十万零八千九百八十一方迈，民数约五十六万零二百馀，胜兵者约九万四千八白馀人，会城曰沙格民多，市镇有曰珊瑚兰昔士哥（即旧金山），曰马理士威儿，曰屋伦，曰士托坚等埠。一曰甘色士，地在纬北三十七度至四十度，经偏西九十四度四十分至一百零二度零，东界米苏理，西界哥罗拉度，北界尼不拉士格，南界野番部，南北二百零八迈，东西四百零五迈，合八万一千二百一十八方迈，民数约三十六万四千三百馀，胜兵者九万五千人，会城曰都基加，市镇以利分佳士为最大。一曰尼不拉士格，地在纬北四十度至四十三度，经西偏九十四度三十四分至一百零四度零，东界米苏理，西界怀阿名，北界咑哥大，南界甘色士，东西四百八十迈，南北二百零八迈，合七万五千九百九十五方迈，民数约十二万三千馀，胜兵者四万六千人，会城曰林坚，市镇曰阿麻虾，曰夫利文等埠。一曰尼华大，地在纬北三十七度至四十二度零，经偏西一百十五度至一百二十度零，东界乌大属，西界加科尼亚，北界阿利坚，南界亚里孙拏属，南北三百四十五迈，东西二百三十迈，合一万四千一百二十五方迈，民数约四万二千四百九十零，胜兵者一万五千六百馀人，会城曰加臣，市镇有挨儿哥等埠。

“甘色士”即堪萨斯州

“尼不拉士格”即内布拉斯加州

“尼华大”即内华达州

其十属，则一曰地士地力·阿夫·哥伦米阿，即美国京畿华盛顿都城在焉，隔溪有郡名佐治，合计六十方迈，在纬北三十八度五十一分至三十九度，经偏西七十六度五十八分至七十七度六分，东北界马理兰，西南界勿尔吉尼阿，民数约一十一万三千零。一曰新墨西哥，地在纬北三十一度三十分至三十七度，经偏西一百零三度二分至一百零九度二分，东界野番部，西界亚里孙拏，北界哥罗拉度，南界墨西哥，东西三百五十二迈，南北三百四十五迈，合十二万一千二百零一方迈，民数约九万一千八百馀，其埠名仙大非。一曰华盛顿，地在纬北四十五度四十分至四十九度零，经偏西一百一十四度四分至一百二十四度三十二分，东界衣打贺，西界太平洋，北界英属地，南界阿利坚，东西三百六十迈，南北二百三十迈，合六万九千九百九十四方迈，民数约十二万三千九百馀，其埠名阿林比阿。一曰乌大，地在纬北三十七度至四十二度，经偏西一百零九度三分至一百一十五度三分，东界哥罗拉度，西界尼华大，北界衣打贺，南界亚里孙拏，计八万四千四百七十六方迈，民数约八万六千七百八十馀，其埠曰盐湖，曰屋伦。一曰哥罗拉度，地在纬北三十七度至四十一度，经偏西一百零二度至一百零九度零，东界尼不拉士格，西界乌大，北界怀阿名，南界野番部，东西三百七十五迈，南北二百八十边，民数约三万九千馀，其埠名颠化，闻此属将可升为邦。一曰满单拏，地在纬北四十四度二十四分至四十九度零，经偏西一百零四度至一百一十六度零，东界哷哥大，西界衣打贺，北界英属地，南界怀阿名，计十四万三千七百七十六方迈，民数约二万零五百馀，其埠曰勿尔吉尼阿，曰起连那。一曰怀阿名，地在纬北四十一度至四十五度零，经偏西一百零四度至一百一十

“乌大”即犹他州

“哥罗拉度”即科罗拉多州

“满单拏”即蒙大拿州

“怀阿名”即怀俄明州

4,8,20

一度，东界尼不拉士格，西界衣打贺，北界满单拏，南界哥罗拉度，东西四百迈，南北三百迈，合九万三千八百八十三方迈，民数约九千二百馀，其埠曰赛烟，曰衣隐士顿。一曰咑哥大，地在纬北四十二度二十分至四十九度，经偏西九十六度二十分至一百零四度，东界闽尼疏大，西界怀阿名，北界英属地，南界尼不拉士格，东西三百五十迈，南北四百五十迈，合十五万零九百三十二方迈，民数约一万四千二百馀，有埠名烟顿。一曰衣打贺，地在纬北四十二度至四十九度，经偏西一百一十一度二分至一百一十七度四分，东界满单拏，西界阿利坚，北界英属地，南界尼华大，东西三百七十迈，南北四百八十五迈，合八万六千二百九十四方迈，民数约一万五千，有埠名杯士西地。一曰亚里孙拏，地在纬北三十一度三十分至三十七度零，经偏西一百零九度至一百一十七度十五分，东界新墨西哥，西界加科尼亚，北界乌大，南界墨西哥，南北三百七十五迈，东西三百迈，合十一万三千九百一十六方迈，民数约九千六百馀，有埠名德臣。

"咑哥大"即达科他州

"衣打贺"即爱达荷州

"亚里孙拏"即阿利桑那州

其二部落：则一曰野番部，地在纬北三十三度三十五分至三十七度零，经偏西九十四度二十分至一百度，东界米苏里，西南界得撒士，北界甘色士，东西三百二十六迈，南北二百二十二迈，合六万八千九百九十九方迈，皆野番所居，其稍通人性者为熟番，约八千馀人；一曰阿拉士格部，系另为一土，购自俄国者，地在纬北五十四度四十分至七十一度二十四分，经偏西一百三十度二十一分至

"阿拉士格部"即阿拉斯加州

一百六十六度一十三分，北界北冰海，南界太平洋，东界英属地，西界比连海，计五十七万七千三百九十零方迈，其土人分两种，一曰印度番，一曰衣士哥马士，亦不甚蕃育，以地极寒苦也。

美国除各属部肥瘠不等外，各邦地多沃壤，树艺皆宜，迤东一带尤擅上腴，惟土广人稀，稍稍垦治，粟麦之利已足以沾溉别洲，故其人不甚务农。攻矿畜牧之外，商贾最为本务，贸易之大，东则布士顿，西则旧金山，南则纽阿连，而纽约及非柱地非阿更为货殖名区。其制造各局，所在皆有，而炮局则以曰布士林非儿，曰地林顿，曰巴顿鲁，曰地低儿落，曰圣来埠，曰纽约，曰保多墨河等处为最著。至于兵厂，则比士吉打加阿岛、布鲁埠、砵士毛士埠、差士顿埠、基威士的，及奴福埠之武备塾皆水师。公所书院之大者则有若哈核，若地林尼地，若耶儿，若威士里仁，若林坚，若古林米阿等院，而布士顿之书院藏书尤富云。

二十二日　午后由哈富登火车起程，二点零二十六微厘到马理丁，有高山，积雪终年不化。三点零二十五到纽希文，系大西洋港口，贸易颇大。四点零五到布理志索，港口宽大而浅，大船不能入。五点零四十五到纽约，歇温沙客寓，此埠街道宏敞，屋宇华丽，有华人约千七八百，住勿除街，以洗衣、卷烟为业，杂货店不过数间，资本俱小，闻近有凑股数万拟设广贞祥字号，专由香港贩运中国货物分通古巴岛、南花旗等处，已回港置货，不日即可开

抵达纽约

4,8,22

张云。随员接见华商李希龄、伍朝辅、李道华等，询称该处相待较胜金山，虽被埃利士人欺凌，一到官府，尚为理断。又有洋人巴力文兄弟偕随员等往各处游览回，据称其王家书院为楼六层，凡初附学者居其上，为第六层，有男女童约四百，皆七八岁者，专教认字调音；第五层女童五六百，皆十一二岁者，教以书算、图画等技；第四层女童六七百，皆十四五岁者，教以格致等技；第三层约八七百人，皆十七八岁者，教以天文、地舆、制造、化学等技；第二层则由三、四层中每日轮调约百人，教以琴歌跳舞等技；第一层为各绅董写字、见客处。统计学生约二千四五百人，女子居多，男子仅百馀而已，缘男童十岁后须徙别馆也。 王家书院

其大花园名仙打园，周遭数十里，包山裹林，内有石亭一座，备诸乐器，逢彼国庆日，游人群集，则作乐以助兴。有池，广数亩，置画舫十馀只。有栏院，畜诸飞走。有深池，养海虎、海狮、海狗等十馀头，围以铁栅，各海兽亦能上岸掠食，投以鱼饵则奔赴，海狮之行尤速。有高峰可望全埠，惜夜后不能远眺，只见万家灯火，不费买夜之钱耳。园东二里许有博物院，主人沙儿达。凡各国之珍禽奇兽与夫木石五金军械衣饰之类，无不罗致，中有兽名模士，鹿头马身，脚开两趾，角长而扁，分十馀叶，形似锯齿，询出南亚墨利加洲，不可多得。有鸟似画眉，膊有四翼，翼下箭毛数茎极长。有小鸟数百，细如蜻蜓，一鸟一色，斑斓粉错。有胭甸野番所用之箭，长至丈馀，箭镞 仙打花园

有倒钩，淬以毒药。其衣服俱兽毛结织，用兽肋穿纫，贵者以鱼皮为之，饰以翎毛。看毕，主人赠以人情纸数十页，称院非公家所设，须好友领进，后有贵友来游，即于纸上添上尊名，自然有人招呼云。

人情纸（签名簿）

又有河，名东河，中有顽石，其流甚紧，不便舟艇，于两岸岭上高架铁桥，长数十丈，马车来往如行空中。又对海埠名布绿连，现造全铁悬桥，高一百三十五尺，长三千四百七十五尺，宽八十馀尺，首尾用径尺六寸大铁缆数条系之，已费金七百万，工程尚未十七，计再须五百馀万，一年后乃成，成则每桥方寸可胜十六万磅之重，诚将来大观也。

全铁悬桥

其会堂及各官廨，或高至二百馀尺，宽倍之。火车房亦极大，长几七百尺，宽二百四十尺。书信馆则为楼四层，俱青石砌造，设驿务官以董其事，有收信所（各处信到即挂号盖印）、分信所（信印后即统交此分寄）、寄信所（接到派来之信即分别远近或专呈或寄递）、贮信所（专管信箱，有来往信多，恐其遗误，则定一信箱，编第几号，自带钥匙每日到此开看，有来信即取阅，有寄信亦投其内，彼即代递，每箱年须银十六元）、遗信所（或有信去，查不着人，又忘来信人之住址，则暂存于此，登入新闻纸令人知之）、搁信所（或信资不足，或信内有违例物件，或包封有咸甜食物，恐碍别人信件，则搁留此处，函知本人此物如何难寄。若欲取回，须自给车费，若久无人取，则不论何物竟行充公）。又有收银所、发银所（系

书信馆（邮政局）

4,8,22

用票汇兑者），又托寄新闻纸以及不包封各件另有一所，每所用人多少不等，该馆共约千五百人。

另电报馆用工人二千馀，分管各路电线，询称该馆现有电线八千馀条，往常所见各处电报皆中设一盘（如罗经式），分派二十六字母，旁一人执笔照录，彼处一动，此处即看其字母凑而成为某字，兹则并字母不用，彼处所说何语，此处即全句由机轮内印出，当时渠为演看，计纽约到布士顿三百馀迈之遥，不过一息顷，已有回话，渠传去云：中国官员某人到此。答云：已知某到，甚为欣悦。如响斯应，巧妙绝伦。 电报馆

该埠水局有二，俱砌以砖石，形似城堡，由东北河引水满蓄其中，然后以机器分注各家，新者尤高峻，可蓄水千兆加仑（每加仑计五斤零）。其炮台则埠之东北内海有名拿非逸（译言督宪炮台），地势恍粤东之海珠，在水中央，东南筑炮楼一座，高约二丈，上土下石，环以沟堑，中建兵房四十八间，每间可住四人，楼四面各置炮五位，炮约三十吨，手枪皆旧式，止当中一炮口宽尺馀，重六十馀吨，可用药二百磅，西北各将官住房十馀间，询称此台近实无用，因前人建造，未便毁坠，亦可借以收藏军械耳。港口炮台曰藿哈罗洼士，地名其李父敦哀伦，该处有高山，依山前面正当海口筑土台二座，上座置开花大炮十二位，每位一万七千一百磅，口宽一尺三寸，药弹每重二百二十磅，下座置炮三十二位，每位五万零磅，口一尺五寸，药弹每重五百磅。安炮之地，俱用铁汁灌铸，以防倾 炮楼 港口炮台

陷。山之后面建兵房，亦分上下二层，与两台相并，约可住兵千人，现藏军火甚富。山旁建石台一座，高与山齐，楼分三层，上层置炮三十一位，每重约万磅；中层置炮二十七位，每重一万五千磅；下层置炮二十馀位，皆千馀磅者。盖以备敌兵登岸，不须远及也。此为大西洋入口要处，故防范极严。东岭设灯塔一座，极高，亦置炮械。又于对岸朗哀伦地方筑炮台，以助守御，台名咸米利顿，未及渡海往游，闻当年拒英，此邦实为首谋云。

二十三日　巳刻，乘马车到赫臣河，既渡，为折尔西埠，由火车起行，九点零五十三到纽华，居民十万馀，各项工厂五百馀间。十一点零九到地林顿，系纽折尔西都会，闻拒英时华盛顿兵屡败，仅馀二千人，夜渡地拉威河袭得此地，士气始振。十二点零十四到非地拉威阿，为美国极大埠之一，拒英时于此誓师，其誓书系者发臣所作。二点零五十五到地布马埠。四点零十七到华盛顿，入寓耶夫街公署。由哈富至此计程三百五十迈，是为美国京都，地在纬北三十八度五十六分，经偏西七十七度二分。诸山环拱，树木郁葱，前临保多墨河，洛溪绕其西北，地势略斜，自西北隅至东南隅约四迈半。议政院高踞冈上，形势特胜，建造尤极宽敞华赡。地基圈广三十洋亩，四面衢道，或铺红砖白石，或以油煤和土筑成，光洁如拭。隙地则数步一树，间以各色花丛。铁铸长几随在摆设，以供行人歇坐。院中大塔，螺旋至顶，高三百馀尺左右。分上、下议院，各可坐千馀人。大门外塑华盛顿石像，仪观壮

非地拉威阿（费城）

抵达华盛顿

4,8,23

伟。正门以铜为之，雕镂工致，云值六万元。院墙壁有油画二幅，云一值三万馀元，一值万馀元。伯理玺天德正衙名曰白屋，以其皆白石建成，铁阑森整，园沼宽宏。外部、库务衙署在其东，兵部、水师衙署在其西。另有离宫，在京西数里外，因山为囿，错置亭榭，任人游观。东南十六迈有山名发伦，隶勿尔吉尼阿邦，为华盛顿致政后所居。屋仅数楹，规制俭朴，上下两层，上为卧房，有榻一，胡床、小桌各一，瓦缶数事，另房为正命之所，药罐、痰盂咸在。馀为客房，下层储其遗物，若刀剑，若书籍，若鞭鞍，及退破衣袴等。墙壁绘其生平得意数事。当战争时，有法国提督剌非日捐资带兵相助，于成功后入籍美国，像亦绘壁间。屋俯大江，后有厨房及佣人住处。闻临终时，曾放出黑奴二百馀，听其自便。有木兰一株，高可齐帘，系其手植，今尚苍茂。一小园，宽约盈亩，花木行列修整。园外平坡一段，绿草如茵，为当年习骑之所。右即其坟，砖围丈许，中置二石棺，覆以铅瓦，若停柩之寮然。前立二石柱，高可八九尺，标刻附葬诸戚名氏，系后人改扦。其手营寿圹，距数十武，尤极狭隘。有守坟官一员，秩视游击。据称华盛顿居此四年，其妻又后十八月始卒，今房屋布置皆其手泽，虽极朽蠹，仍依样修理，不敢擅易，坟虽改葬，亦不尚华饰，恐违先志云。

白宫

华盛顿故居

二十五日　照会其外部订期往见，据复伯理玺天德尚未还宫，须候数日。

伯理玺天德（今译总统）

九月初一日　接其外部大臣伊棫士照会，称伯理玺天

外部大臣（国务卿）

德昨已回京，奏准初三日午刻接见。

初三日　巳正三刻，兰彬与副使闳率同参赞容增祥，翻译陈善言、蔡锡勇，俱用行装，并洋员柏立，乘马车先到外部衙门，由正门入。各官旁立点首，行前数十步，由升车上楼，至第一层，入左边官厅，陈设铺垫俱极富丽。伊棫士并其参赞施华陪叙片刻，起偕兰彬等出乘马车，前赴伯理玺天德宫门外下车。伊棫士前导，兰彬先，闳后，增祥捧国书继之，翻译及洋员随进，至殿右静候。殿长约四丈，阔二丈馀，玻璃窗槅几帘垫褥一切蓝色，译称蔚蓝宫。少顷伯理玺天德由殿左上，站立左首，随从六员：库务大臣沙文，律政大臣低云士，兵部大臣麦加拉利，驿务大臣胎拏，内部大臣刖而，内务参赞大臣罗乍士，皆在左序立。伯理玺天德略一点首，兰彬等点首答之。伯理玺天德趋近，与兰彬、闳握手毕，兰彬随即朗宣颂词，增祥奉上国书，交兰彬恭捧，闳继用英语宣颂。词讫，兰彬敬将国书递与伯理玺天德，接受后转交伊棫士，即自展答词，诵毕，复与增祥等各员逐一握手示敬。伊棫士又引兰彬等与六大臣握手相见，施参赞亦带增祥等与各官握手，然后退出，伯理玺天德送至殿前，谕令伊棫士陪过东殿游玩，少顷乃别各大臣等登车回寓。是日往返，男女观者夹道，即外部及宫殿门外亦挤拥如市。

递交国书

初四、五、六等日　偕副使闳往拜外部大臣伊棫士及英国公使桑顿、俄国公使施士建、德国公使士阿鲁沙、法国公使乌地理、奥国公使海阿士、意国公使列打巴拉娇、

拜会各国驻美公使

4,9,4

益国公使亚西哇儿、布拉西儿公使波遮士、土耳其公使亚离士打其啤日、西班牙公使李阿士云民有、哝唎公使打拉哥士天、日本公使大有拏利、亚毡太吾公使加西亚、比利时公使爹儿科士、丹国公使林敦其伦、挪威公使廖云恰、瑞典公使白芍、墨西哥公使三马干拏等，有见有不见，只秘鲁公使新故，代者未到。其馀各部大臣曰沙士，曰谭顺，曰马吉利，曰威地，曰沙文，曰地纷士，曰韩地，曰夏伦，曰瑞营，曰米拉，曰士地朗，曰布拉利，曰非儿地，曰其里佛，曰罗查士等，皆俟其来见，然后往答。又差帖遍拜各国参赞及无公使各国之代理参赞等。查美国各邦，凡商民汇集至盛之所，设立总督或巡抚，称会城，皆有上、下议院，即市镇稍大，有咩亚（官名秩如知府）衙署者亦各有会堂，故一切政治、律例不能画一，只征收关税、水陆兵柄及外交立约等大事归京朝主政，其设官则一曰外部，专管各国交涉及遣接使臣等事；一曰内部，专管国内舆图、户口、粮赋、学校及发给准照（凡创设一器艺必给予准照，不许他人遽行仿造）等事；一曰兵部，专管陆师诸务；一曰水师部，专管水师诸务；一曰库部，专管款项出入及铸造金银、行用钞票等事，有石银库一座，造费千馀万，宽十数亩，门似蜂房水涡，常存银二百馀兆万；一曰刑部，有正、副按察等官，专管一切词讼，其衙署即附在议院；一曰农部，专管制造农具、分别籽种等事。另有律政衙门，增删条例归其议奏。在驿务衙门，电报文札归其稽核。各设大臣一员，副大臣及司员则视部

咩亚（市长）

美国行政机构设置

务繁简多寡不一。而事权统归议院，上议院每邦二人，共计七十六人，下议院每邦多少视其大小，现计二百九十四员，皆由各邦民间公举赴京办事，凡有举措，须询谋佥同，间有异议，则用其签名之多者，伯理玺天德特总其成而已。

兰彬奉使美、日、秘三国，今只行抵美京，日斯巴尼亚、秘鲁二国相距穹远，且未克遽赴。窃念陛辞日久，费已不赀，方寸凌兢，无时或释，即有暇晷而夙昧洋文洋语，见闻未审，亦难遽笔于书，数月来缀述寥寥，因取陈郎中嵩良、曾主事耀南、陈丞善言、蔡丞锡勇数人所散记合并参订，存兹崖略，固多疏漏，仍不敢谓中无舛讹也。陈兰彬识。

数人散记合并参订

附　陈副宪节略

日国呈递国书情形

兰彬四月初一日行抵日国（日斯巴尼亚国，即西班亚也）马得利都城，其驻华公使伊巴里迎于道左，登车少叙，随送兰彬同至寓所，寓中升挂中国龙旗，观者如堵。即日申刻遣吴参赞嘉善往拜总理外务参赞官，订期次日与外部大臣相见。 至西班牙

初二日，兰彬往会外部大臣公爵戴端，告以副使未来并预询一切礼节，回寓即备照会并译录国书及诵词底稿咨送前去请定谒见之期。

初三日，其君主由乡还宫，午后接准外部大臣照复，订期初四日一点钟入见，呈递国书。是日午正二刻，其赞礼大臣侯爵些儿华亚利忌列带同宫车三辆前来，车制华丽，锦幄缎褥，金轴朱轮，璎珞斑斓，四隅玻灯高挂。前坐御者一人，后站武弁二人，及车旁骑马护卫四员，皆被金花戎服、腰间佩刀，率领兵士到寓相迎。 订期呈递国书

前往王宫

午正三刻，兰彬率同吴参赞嘉善，随员刘亮沅、陈善言、吴礼堂、吕祥均穿行装，偕其赞礼大臣登车同往，沿途男妇拥挤，多以摘帽为礼。未初一刻至王宫，宫阙巍峻，平列三门，参赞各员由左门下车，兰彬由中门下车，赞礼大臣前导，循序而进。守门官兵军装整肃，排立两旁，至前咸摘冠示敬或屈半膝。前行数十武，转升东阶，阶砌白石，中铺彩毡，周折而上百有馀步始达外殿。殿南向，东西二门，由西而入，规模轩敞，深约四丈，广约六丈，陈设精洁，金碧辉煌。壁间遍悬油画，大约逾丈，南面玻璃窗槅俯看宫门。此至静立稍待有顷，东门启辟，赞礼大臣引兰彬前进，参赞吴嘉善捧国书居左，翻译官吴礼堂居右，随员刘亮沅等三人随后平列入户，即为内殿。制度与外殿同，惟东南隅横设小案一，别无椅桌。

呈递国书仪式

日国君主戎服佩刀免冠西向立于案前，其公爵些大度将军、阿利晏殿前侍卫、公爵披灵等案后环侍，外部大臣戴端旁立案右。兰彬偕各员进见，凡三鞠躬，其君主逐一回答。兰彬当用华语宣读诵词毕，参赞吴嘉善敬授国书，兰彬恭捧呈递，其君主接受，转授外部大臣安置案上，随亲答诵词。用日语宣读讫，即趋至兰彬前，用法语先问大皇帝安好，兰彬敬对安好；次通两国辑睦之意，对以愿从此益加和好，俾两国百姓共乐升平；复慰劳使臣跋涉良苦，对以驰驱奔走，职分当然。答毕其君主并与随见各员一一点首致意，随即作别。

兰彬退出外殿，赞礼大臣告以应见君主之姊长公主，遂由殿外回绕白石长廊。凡进宫门数重，每门官军佩枪者抱枪于怀，持戟以竿筑地，所以示敬也，出入各门皆然。四历堂室，达于内宫，锦罽绣帏，均极华丽。公主出见，裳服巾带纯用黑色。兰彬偕各员点首为礼，公主答礼亦如之，亦用法语敬问大皇帝安好，兰彬敬对如前，并询所历程途，答以先至美国，复经英国、法国前来数语而退。赞礼大臣引出，王宫仍以宫车亲送回寓。 往见公主

陈兰彬使美纪略

人名索引

四画

五画

六画

七画

八画

九画

十画

陈兰彬使美纪略

译名简释

地名凡未注明者，均指美国境内

三画

干尼大

Canada，加拿大

干捏底吉州

Conneticut，康涅狄格州

乞里士北

Harrisburg，哈里斯堡（宾夕法尼亚州首府）

义国

Italy，意大利

马理兰

Maryland，马里兰州

四画

日斯巴尼亚

Espana，西班牙，简称“日国”

勿尔吉尼阿

Virginia，弗吉尼亚州

乌大

Utah，犹他州

文甘布里

Montgomery，蒙哥马利（亚拉巴马州首府）

五画

甘色士

Kansas，堪萨斯州

布士顿

Boston，波士顿［马萨诸塞州（简称麻省）首府］

布连湖

Champlain，尚普兰湖

布罗非顿士

Providence，普罗维登斯（罗得岛州首府）

打拉夏西

Tallahasse，塔拉哈西（佛罗里达州首府）

北喀尔勒那

North Carolina，北卡罗来纳州

尼不拉士格

Nebraska，内布拉斯加州

尼华大州

Nevada，内华达州

加科尼亚

California，加利福尼亚州

加哑辣河

Niagara，尼亚加拉河

圣奴连出河

San Lawrenz，圣劳伦斯河

六画

地低儿落

Littlerock，小石城（阿肯色州首府）

地灵顿

Trenton，特伦顿（新泽西州首府）

亚里孙拏

Arizona，阿利桑那州

西勿尔吉尼阿

West Virginia，西弗吉尼亚州

则臣

Jackson，杰克逊（密西西比州首府）

多化

Dover，多佛（特拉华州首府）

衣打贺州

Idaho，爱达荷州

衣邻奴士河

Illinois，伊利诺伊河

米苏里/米苏理

Missouri，密苏里州

安那布里士

Annapolis，安那波里斯（马里兰州首府）

那士威儿

Nashville，纳什维尔（田纳西州首府）

七画

苏比利阿湖

Superior Lake，苏必利尔湖

坚德基

Kentucky，肯塔基州

利之文

Richmond，里士满（弗吉尼亚州首府）

佛勒厘大

Florida，佛罗里达州

怀阿名

Wyoming，怀俄明州

沙湾那河

savannah river，萨凡纳河

阿儿民尼

Albany，奥尔巴尼（纽约州首府）

阿干沙士

Arkansas，阿肯色州

阿尔兰岛

Ireland，爱尔兰岛

阿兰打

Atlanta 亚特兰大（佐治亚州首府）

阿利坚

Oregon，俄勒冈州

阿利塞尼山

Appalachian Mountain，阿巴拉契亚山脉

阿拉士格部

Alaska，阿拉斯加州

阿拉巴麻

Alabama，亚拉巴马州

阿罗拉度州

Colorado，科罗拉多州

附兰福

Frankfort，法兰克福（肯塔基州首府）

纽折尔西

New Jersey，新泽西州

纽希文

New Haven，纽黑文（康涅狄格州首府），后迁至哈富（今译哈特福德）

纽罕什尔州

New Hampshire，新罕布什尔州

纽阿连

New Orleans，新奥尔良（曾为路易斯安那州首府）

八画

若尔治阿

Georgia，佐治亚州

英厘安纳

Indiana，印第安纳州

非拉地儿非阿埠

Philadelphia，费拉德尔菲亚，即费城

吶哥大

Dakota，达科他州

诗加古

Chicago，芝加哥

九画

南喀尔勒那

South carolina，南卡罗来纳州

威士干逊

Wisconsin，威斯康星州

威灵

Wheeling，惠灵，原为西弗吉尼亚州首府，后首府改在差士顿（今译查尔斯顿）

厚士顿

Houston，休斯敦

哈富/哈富德耳

Harttord，哈特福德

咩亚

mayor，市长

闽尼疏大州

Minnesota，明尼苏达州

洼满地州

Vermont，佛蒙特州

洛哀伦州

Rhode Island，罗得岛州

十画

哥罗拉度

Colorado，科罗拉多州

哥伦米阿州

Columbia，哥伦比亚州

挨阿华

Iowa，爱荷华州

特尔拉华

Delaware，特拉华州

倭海阿

Ohio，俄亥俄州

胭甸野人

Indian，印第安人

宾夕尔勒尼安

Pennsylvania，宾夕法尼亚州

十一画

得撒士

Texas，得克萨斯州

麻沙朱色士州

Massachusetts，马萨诸塞州

庸曷城

Concord，康科德城（新罕布什尔州首府）

密士失必

Mississippi，密西西比州

密士失必河

Mississippi River，密西西比河

密士疏利河

missouri river，密苏里河

密执安

Michigan，密歇根州

十二画

落机山

Rocky Mountains，落矶山

奥士天

Austin，奥斯汀（德克萨斯州首府）

奥格士打市

Augusta，奥古斯塔市（缅因州首府）

鲁安西纳

Louisiana，路易斯安那州

缅原州

Maine，缅因州

十三画

满单拏

Montana，蒙大拿州

满必里阿

Montpelier，蒙彼利埃（佛蒙特州首府）

十四画

赫臣河

Hudson River，赫德森河

谭乾初古巴杂记□

光绪五年（1879）九月十二日

随使古巴充英文翻译

光绪十三年（1887）岁次丁亥

始成《古巴杂记》

□ 据光绪十七年（1891）上海著易堂《小方壶斋舆地丛钞》本

□ 赖某深校点

张荫桓序

古巴在南、北阿墨利加之交，而隶日斯巴弥亚国，其地肥饶利耕种，尤宜甘蔗糖，次则烟叶，皆古巴致富之道也。奴禁未弛以前，田园富人不仅千指咸买自南墨洲，展转而流毒中土闽粤，黠者假招工为名潜相拐贩，自道光丁未至光绪戊寅，华人被诱作苦工数至十二万六千馀，拘役鞭捶，虐甚牛马，事闻于朝，特令前副都御史陈兰彬往查诘，华人环递诉词，裒然成帙，遂与日斯巴弥亚国重订条约。陈副宪旋握使符驻扎美、日、秘三国，抡派知府刘亮沅、知县陈善言驻古巴为领事官，诸华人乃重见天日，数拾年虐政一旦扫除，华人佣力自食，无官工所之束缚，拐贩绝迹，商贾渐集，蔚然可观。前年直粤水患及海防诸费，领事官劝谕华人捐助，一呼而集二万馀金，可谓不忘本矣。 中国首任驻古巴领事官

中国道光己酉以后，水旱偏灾数见，又值发捻倡乱，

华人谋食海外日多

狝焰西炽，用兵垂二纪，华人生计日艰，谋食海外旧金山、域多利、檀香山、秘鲁、古巴暨南洋之新架坡、小吕宋、噶拉巴、三宝垄、巴泗未、新金山、雪梨、暹罗、越南诸岛无虑数百万，初只帆船往来，渐而轮舶杂遝，商工阗隘，自成市集，曰唐人街，生意之盛者，每不暇计长久，但先营酒楼戏园以供游赏宴集，若夫博簺烟霞，则无大小埠皆一致焉，数万里航海远来，力博蝇头，屡为土人所迫，锱积寸累悉消磨于意钱灯火之中已可痛惜，甚或联强欺弱，自伤其类，仇杀之案，穷于诫谕，其能谨愿习勤、薄有盈羡、寄以赡家者难求什一于千百也。

古巴一岛，华人日稀，来源既绝，少者渐老，而其政俗又不克自振，糖业浸为邻国所夺，土客交窘，无数华佣间借吕宋票为归计，得采则急装以行，且遍觅同来之人挈之返里，赠以资斧，风义可嘉，而被惠者愿先索凭据，虑归后食言，无以为活，人心不同如此，然华人能善全乡谊者，古巴一岛而已。吾乡谭司马子刚以翻译官从事于此，为《古巴杂记》一卷，岛中风俗人情撷其要领汇为笔记，诚有心人也，而尤可喜者，为华人设书邮以通重译，华人每得家书辄痛哭，既振其水源木本之思，而其父母妻子亦知远人音问，保全实多，此皆子刚不惮烦琐，为之往返分寄，其功勚在语言文字外也。

（荫桓）持节逾年，凡百无补，比者于役欧洲，渡大西洋，历英、法诸国而抵日斯巴弥亚都城，客窗月夕，高树挹爽，子刚出是编就政，爰序其缘起，俾付剞劂，所记只古巴一岛，编帙非富，视《剪桐随笔》《使规》诸书体例固异，他日四库重开，博搜海外记载，则是编仍不失为蠡勺豹班，更愿同役诸君毋骋空谈，随事为记，即以是编为喤引可乎？考殊域之土风，写征人之雨雪，安石碎金，醴陵剩锦，固非文采自矜，夫岂心思误用也哉？光绪十三年丁亥中夏，出使美、日、秘国大臣、太仆寺卿、南海张荫桓序于日斯巴弥亚国马得力城使馆。

谭乾初古巴杂记

古巴岛为日斯巴尼亚国（即西班牙，又名大吕宋）属土，自西历一千四百九十二年十月二十八号（即中国明弘治四年。按：应为弘治五年）始为意大利人高林卑觅出，其地在南、北亚美利加洲交界之间，横列一岛，地类鱼形，极东处在经线七十四度七分，极西处在经线八十四度五十七分零十二秒，极南处在纬线十九度五十分，极北处在纬线二十三度十分。东近散到道明古，西近墨西哥，南近占觅架，北近乎罗列打。自东至西约英里七百五十，由南至北参差不一，阔者英里一百二十七，狭者英里二十八，合计结方约英里四万四千，连附近属岛合计四万四千一百六十二里。其山之最高者八千尺。

古巴地理位置

岛中都会之区曰夏湾拿，曾被法国海贼攻破二次，一在一千五百三十八年，一在一千五百五十四年。至一千六百六十五年（即康熙三年。按：应为康熙四年）建有城

都城夏湾拿（哈瓦那）

墙，后一千七百六十二年（即乾隆廿六年。按：应为乾隆廿七年）复被英人所夺，占据一载，献以乎罗列打之地，方允罢兵，唯城墙被毁，至今并未建复。一千八百一十八年（即嘉庆廿二年。按：应为嘉庆廿三年）始与外国通商，至一千八百五十九年（即咸丰八年。按：应为咸丰九年）贸易场中始有起色。

天气炎热，终岁惟单夹衣，幸早晚有凉风，居民不至太苦，最炎之天，寒暑针不过九十度，最凉之日不足六十度，此就近年言之。闻嘉庆十八年寒暑针曾升至一百零四度，咸丰元年、五年均有雪。

古巴华人总数

古巴共分六省，自西至东：一曰便拿弥窑，二曰夏湾拿，三曰马丹萨，四曰山得嘉拉，五曰波都篇斯皮，六曰山地亚的姑巴。第一省居民按一千八百七十七年（即光绪三年）册籍，共十八万九千二百二十人，内华人三千一百三十七名。第二省居民共四十二万三千五百四十三人，内华人一万零一百零八名。第三省居民共二十五万零七百二十八人，内华人二万零五十六名。第四省居民共三十一万二千三百九十二人，内华人一万三千三百零一名。第五省居民共五万五千四百五十九人，内华人九十四名。第六省居民共二十万零三千四百零五人，内华人四百二十二名。六省居民合共洋人一百三十八万七千六百二十九人，华人四万七千一百一十八名。内男丁五十七万六千二百七十二人，女丁三十八万六千九百零三人。已满身男奴十二万八千八百五十三人，已满身女奴十四万三千六百二十五人。未满身男奴十一万二千一百九十二人，女奴八万六千九百零二人。

按光绪九年册，合岛步兵一万六千七百二十五人，马兵二千八百四十七人，炮兵一千零六十四人，机器兵九百二十人，营医四百人，营工二百人，文兵步队二千一百七十八人，文兵马队二千六百二十七人，守街兵（俗名红衫袖）八百三十三人，合共二万七千七百九十四人。义勇六万六千八百六十七人。

古巴军队人数

各省设巡抚一员，其馀水陆各员按居民多寡而定。夏湾拿为六省总汇，帆樯凑集，特添设总督一员、水师提督一员，统辖全岛。海口设塔灯，船只均泊海湾之内，炮台六处，分布四方，而台上炮位却旧式，且海口散漫，随处均可登岸，握守似非容易，守街者有兵差局，差夜则添设更练。街道以碎石砌成，十数街辄有馀地，或栽花草，或凿池沼，旁置铁床，便游人憩息。屋宇四通八达，楼地多用云石阶砖为之，屋面平坦，以砖作瓦。城内街道比城外略狭，按察司衙门、医院、会馆、戏园、总街市均设于城外。所建戏园大者有二（一名大宫，一名巴衣列），楼栋坚整，帘幕鲜丽，不出环球各国五名以外，亦云侈矣。总街市之大，长三百五十英尺，阔三百三十英尺，高五十五英尺，楼分四层，中藏铺屋无算，日用所需百物咸备，一区之地有此市廛，其繁华可知，惟于一千八百六十八年即（同治六年。按：应为同治七年）兵燹后人事顿非，贸易大减，今昔异矣。

衙门设于城外

总医院一所，凡往就医不取费，华人入此院者每月约五六十人，入院由中国总领事署委值日巡捕同往，先由该管地方官签名，次由医官领有验病凭票，复往地方官加签，方可入院，沿途车费总领事署发给，医院例本不收费，惟华人就医太多，经费有常，往往托故不收，后由总领事署岁助专款，全活无算。院内侍汤药用女尼，志在以身修行，院规则喜其小心料理，然洋俗凡欲为尼，必先入庵试炼三年，心坚意决，方准受戒，其戒不独拒绝男子，即亲戚到访亦不能觌面倾谈，惟隔栏杆相见，其严如此！医院之尼专为行善起见，于世似有裨益，视庵堂诸尼大有分别。又有育婴堂一所，其所养婴孩并无姓名，盖送儿入院时向无觌面授受，由院旁墙脚静处开一小窗，中设圆盘，半出半入，系以活动电机，送儿者放之盘中，令盘旋转，电钟响则奶子出拾而养之，故所收者无缘知其姓名，盖欲泯其迹也。内设学塾以教诸孩，女子则兼习针黹。凡男子长成可以自顾谋生者听出，女子亦然，惟凡在院出嫁者，例助妆奁三百金，或云有此资助则院中女子群往争娶，似不难于嫁人，而不知甚有不然者，外洋诸物腾贵，三百金数仅足衣服铺置之用，养赡无出，且西妇岁费亦复不赀，故贫者无力为养，既有养妻之财，则不愿取此三百金以博贫、贪之名，故婚配仍希。院侧另有惠养老年洋妇、瞽目华人等处，皆善举也，华人近多失明，无非天气炎热、过于劳苦所致。

免费医疗

育婴堂及领养办法

报馆

新闻纸馆约十馀家，省例：凡译录新闻必须先呈总督衙门查阅，如有碍于国家及他人名节者，概不准录。本岛新闻纸之权，实与别国不同也。前光绪八年此例已删，惟有碍于国家者严禁如故。至其刊印之法，除用字粒器机外，或用石板，其石厚大平滑，印字于石，刷黑于机轴，石过轴转，有字处墨着之，无字处墨不染，铺纸石上一压成章，此法亦甚灵便。

马丹萨省有地洞一所，深奥多怪石，游人络绎，洞口建一亭沽果、酒，别有小房以便游人易服入洞，人各取银五角，引道者手持明烛，循石级层递而下，尽百馀级始达洞内，最高处英尺二百五十，长约英里三里，四围钟乳石参差危缀，小者如笋，大者如柱，不知历几许年代郁结而成。洞有两途，游人各取其适，路虽不广而平坦，可行各处。并有水自上滴下，阴气所凝，日久遂为白石，两壁嶙峋，或类栋梁屋宇，或肖鸟兽人物，奇奇怪怪，耐人观览。山地亚告地罗士班也士有热池，能医脚疾诸症，池上盖有房屋，病者沐浴其间，屡有奇效。 地洞一所游人络绎

夏湾拿之南有小岛，名遍奴士，其地方八百一十英里，居民约一千六百馀人，产云石、松木、水晶，日国重犯多禁于此，或用以取云石等事，而水土甚佳，前往避暑、养病者颇众。

古巴所产有金、银、铜、铁、锡、红铅、水银、云石、碧玉、煤炭、阳起石、胆矾、磁石、白矾、信石、石羔、铜矿药、元明粉、盐、松香、蜜蜡、实木等物，诸类中以铜、云石、实木、蜜蜡为最，馀或质不良，或体不 古巴物产

美，虽有是物，而不为世称。

地土丰腴，不须肥料而能生产，尤奇者甘蔗一业，一种可留数载或十余载，其始也，将蔗分截平放或斜插于地，初年下种，次年收割，其收成之丰歉视雨水之多寡，每年除芟草割蔗外，不用粪草，不须入工，有此地力，似宜国富民丰，惟税课太重，国例偏苛，无人不征，无物不征，无事不征，无艺不征。（征人在行街纸，征物在出入口税，征事在券单，征艺在领牌。）据新闻纸云，每岁物产所值只得五十兆元，官税则须五十一兆元，税项之数浮于物值，虽新闻纸不足为据，然亦可知征税之酷矣。古巴人之深恨西班牙人者，职是故也。前土人倡乱数次，谋皆不果，一千八百六十八年（即同治六年。按：应为同治七年）时曾经大乱，卒被西班牙人所败，土人之恨愈深，此仇愈切，自是十馀年来，馀党尚未尽散，团聚山林，常与官兵作难，甚于不共戴天，乱机之伏，时时可危。

征税太重

种植贸易

种植以蔗、烟、架啡、粟、椰子、百果等物为最美，贸易以糖、烟为大宗，而所用之银，有银，有银纸，每元银纸约值银四五角，兹就光绪四年之出口货物登录，约略测其大数，均以实银申算，以昭划一。

出口货物

糖六十五万八千八百六十七桶（每桶约一千六百磅），共值银四千五百廿六万四千四百四十三员六角。

糖二十四万三千三百七十四箱（每箱约五百磅），共值银四百七十四万九千二百廿八员三角。

糖三十一万三千四百四十七袋（每袋约二百六十

磅)，共值银三百八十一万五千二百五十八员一角。

糖胶一十五万三千九百桶（每桶约一千六百磅)，共值银二百七十三万四千零九十三员七角二仙。

蜜糖廿五万八千三百一十二加伦（每加伦约八斤)，共值银一十二万九千一百五十六员。

黄蜡二十五万九千磅，共值银八万九千九百四十四员四角。

白蜡四万五千磅，共值银一万八千二百一十员零四角。

啉酒二万五千六百零三桶（每桶一百二十五加伦)，共值银八十二万四千四百一十六员六角。

大烟（即吕宋烟）一十八千二百卅五万五千七百廿枝，共值银七百二十九万四千二百廿九员六角。 吕宋烟

小烟（即孖姑烟）一千二百八十一万六千九百零三包（每包十一枝、十二枝、十四枝，各字号不同)，共值银二十五万六千三百三十八员零六仙。 小烟

碎烟四十四万五千磅，共值银一十七万八千员。

烟叶一千三百万磅，共值银五百五十万员。

木料，共值银四万一千一百一十员八角六仙。

黄铜八万五千磅，无定价。

合共除黄铜外，该值银七千零八十九万四千四百二十九员六角四仙。

大小糖寮（按一千八百六十一年册载)，共一千三百六十五所。

烟园共九千四百八十所。

架啡园共九百九十六所。

养畜园共九千零二十三所。

养蜜园共二千二百八十四所。

确高园（类椰子制诸古辣用）共十三所。

糖寮 糖寮大小不一，而绞蔗、制糖均用机器，移运则须火车，机器之大者价值十馀万金，小者一万数千金，火车铁路大者二三万金，小者千数百金。小机器不过制粗糖、糖胶之类，制法：始由机器将甘蔗压干取汁，其机有铁辘三枚，品字安放，形如圆竹，互相旋转，甘蔗由机顶而下，机转则蔗汁下流，蔗柴中出，约用蔗十五斤可制糖一斤。制糖之法 机底有渠，内置铁喉，蔗汁由喉内直流入糖锅，糖成则转置糖池，待冷入桶，贮于糖房。房下另设一池，俾桶中渗出之糖胶有所藏载。凡糖十二桶可出糖胶一桶，如糖胶未经透出，则糖不能成团，故必先置之糖房十一二天方可发售。此等糖以光绪九年前价值而论，每桶重约六十个亚罗巴（每亚罗巴约二十五磅），约值银三十五元，糖胶每桶约值银二十二元。至大机器较小机器大同小异，唯制法却有分别，其机可制各色沙糖、冰糖等类，并可即制即售，每日出糖约有三十桶，此等糖每桶约值银六十元，唯糖胶稍逊，每桶只值二十元。

华人之来，始于一千八百四十七年（即道光廿六年。按：应为道光二十七年），合同以八年为期，每月工银四元，期满任由自主。不料抵岸后待之如牛马，卖入糖寮，每月工银给以银纸，期满复勒帮工，日未出而起，夜过半而眠，所食粗粟、大蕉，所穿短褐不完。稍有违命，轻则拳打足踢，重则收禁施刑，或私逃隐匿则致之死地，或交官工所迫作苦工，或由官工所发售，狠毒苛刻，擢发难数。同治十二年，陈副宪奉命查办，所有该岛虐待华人情状，备叙于各华人供词内，固已中外周知，毋容赘述。查例凡在本岛居住者，不论何项人等，均须领有行街纸方能出入，华人欲领行街纸，必有工主之满身纸呈递方准发给，然各工主借此权利，故于华人满工后多有不肯给发满身纸，更勒再立合同，名曰帮工，多有帮至数次仍不能满其所欲者，缘工期已满之人，每月可获工金（二三）十元至（五六）十元不等，工主惟利是视，故诸多留难。岛中沿途皆设有巡差，各埠均设有官工所，如无行街纸者，一经查出，即以逃工论，拘禁官工所，使之修桥整路，当一切苦工，以待原主寻认，日久无人寻认，即由官发卖，坐是华人永无自主之日矣。盖给发外国人行街纸，向由各国领事官代领，从前中国未设领事，华人受制不堪，故凡由香港来者则冒英国籍，由澳门来者则冒葡萄牙籍，由美国来者则冒美国籍，托以自庇，纸费虽值无几，惟经手之人百般勒索，每领一纸动费数十金或至百馀金，因必有行街纸方能自便往来及往别处佣工、贸易，然虽有行街纸，仍要拜认一土人或教士以为护符方合彼例，种种受制，几难缕述。

华人须有行街纸方能自由出入

华人永无自主之日

光绪四年，我中国与日国重订古巴条约十六款（此

古巴总领事官

新订优待华人章程

条约中外皆知，毋庸赘述），自订约后，朝命陈副宪为美、日、秘三国钦差大臣，陈副宪奏派刘湘浦太守亮沅为古巴总领事官，陈蔼廷司马善言为马丹萨领事官，刘君云、房宗骏为随员，廷君命九铎为法文翻译，杨君建勋、荣忠为学习随员，余充英文翻译，同事六人，五年九月十二日抵任后，知各华人之受虐全在不能自主，因与日督再四筹商，辨明华人无非自主，不论工期已满、未满，均当一律发给行街纸，而不以工主之满身纸为凭，并订明将各处官工所拘禁之华人尽数释放，嗣后不得复行拘禁，如工主与工人争执，只可向律例衙门呈控，方与条约不背云云。日督通情达理，各事均能妥商办理，兹将其新订优待华人章程五款并译录古巴督署覆文附列于下：

为照覆事，本署接准贵总领事三月二十号并八月十号来文，请将各处官工所拘禁之华人按照条约第十四款一律释放等因，业经本总督及议政局员妥为定议，现已悉照贵总领事所议办理，兹将议定各款开列于后：

新订条款

第一款，凡华人有合约未满者，如工主责工人守约，只可向律例衙门呈控，着其遵守。如合约内有于华人裨益者，华人亦可一体呈控，着工主遵守。至华人在公堂上，无论罪案及钱债案，其所得之权利及控诉之法，均与相待最优友睦之国人民一样。

第二款，凡合约未满之华人，不得借有上款优待之条，便不遵守合约，如合约内工期未满，须要将工做满，或有不守合约者，其所应得之责罚亦不得与其人自主之处相背，因华人现系自主之人，应与相待最优各国人一例相待。

第三款，凡各处官工所现在拘禁之华人，除系犯罪应候审结者，或已定案者未能即放，其馀或因逃走、或因听候帮工、或因来历不明之类，无论因何事故拘留者，限此次出示后十日之内尽行一律释放，并给与行街纸，惟行街纸上须要注明由官工所放出字样。

第四款，嗣后凡有差役不得照旧例拘禁未有行街纸之华人，所有从前一切办法着即行删除，因无行街纸者不得作犯罪论，惟中日条约载明凡岛内华人无论工期已满工期未满均应给与行街纸，今限至九月十五号止，如有华人未领行街纸者，只可按例罚银，如无银交，则按例坐监抵罚。

第五款，嗣后凡有华人犯罪，须要经明律例衙门审讯，与别国人民无异，其应得衙门各项宽待之处，亦与相待最优友睦之国人民一体均沾。谨奉总督命转达贵总领事知照，并请翻译华文，颁发告示，通谕合岛华民知悉，是为至盼，顺候时祉，一千八百八十年八月二十一号督署参赞嘉般尼儿押。

于是总领事乃分饬各员驰往各埠，按官工所内底册所列各华人当堂点名，即日释放，每人给以行街纸一张，统计各埠释放者共二千馀人。官工所既撤，则各工主不能随意施威矣。计光绪六年本署共发行街纸四万三千馀张，前未设领事官时，各国代领华人行街纸每年不过万张有奇，现竟发至四万三千馀张，可知此数万人中多有早已满工而苦求行街纸不得以致久困牢笼者。今一旦均得自主以谋生计，情境顿异，从前不准华人住大客寓、穿中国衣服、留辫发、坐大马车赴官会一切苛刻之例概行删除，而且华人嗣后应与优待友睦之各大国人民一体看待，岛中华庶莫不欣欣然也。

苛刻之例概行删除

劝令各埠分设会馆

各埠中瞽目残疾华人丐食者甚众，总领事劝谕各埠分设会馆，俾残疾者有养，并拨助各省医院经费，俾贫病者有医。又各华人出门日久，中国圣贤道理几于茫然，必欲其稍明本初，方有尊君亲、怀乡井之意，总领事暨各同志集资购买善书万卷，分给各处，若辈久无华书，阅看得之，如获至宝。又华人每不愿寄家信，固由去家日久，旅居无聊，亦因无处可以托寄，遂于各华人到署注册时展转开导，令各写家书一函，由本署转寄并代给信资，实欲各人信息相通，既可慰家庭之望，且欲伊等历叙此间苦况，俾后来者不致误入诱拐迷途，至香港接派书信则均托家兄（海畴瑞珊）及东华医院办理，当领事署开办之始，公事纷繁，时代各华人写家书更无暇晷，又特刊通套信文数万纸分布各埠，使不甚识字之人亦易于填写，今来往书信每水船期均有数十函，托汇安家银两亦复不少。

领事代寄代写家书

夏湾拿有华剧二班，虽不甚可观（优伶多由本处学艺），然忠孝廉节、喜怒哀乐亦足激发天良，各华人仍不忘中国面目也。

华人来古巴人数

兹将华人来古巴全数开列（由英总领事署册部抄出）。

一千八百四十七年（即道光廿六年。按：应为道光二十七年）由厦门来二水，合共六百一十二名，在船身故者四十一名。

一千八百五十三年，由厦门来九水，由澳门来五水，合共五千一百五十名，在船身故者八百四十三名。

一千八百五十四年，由汕头来三水，由澳门来一水，合共一千七百五十名，在船身故者三十九名，内误溺者八名，病故者三十一名。

一千八百五十五年，由汕头来四水，由厦门来一水，由澳门来一水，合共三千一百三十名，在船身故者一百四十五名。

一千八百五十六年，由厦门来三水，由汕头来四水，由澳门来三水，由香港来四水，合共六千一百五十二名，内女人七名，在船身故者一千一百八十二名，内误溺者三十名。

历年华人来古巴数

一千八百五十七年，由汕头来九水，由香港来五水，由澳门来十二水，由厦门来二水，合共一万零一百零一名，在船身故者一千五百五十四名，内自溺者十名，逃走者五名，吞鸦片烟者十六名。

一千八百五十八年，由香港来五水，由澳门来十五水，由汕头来十水，由厦门来三水，合共一万六千四百一十一名，内女人四十五名，在船身故者三千零二十七名，内自缢者二名，自溺者五名，自尽者三名，误溺者五名，枪毙者六名，跌毙者二名，不知去向者九名。

一千八百五十九年，由黄埔来三水，由澳门来十二水，由厦门来一水，合共八千五百三十九名，在船身故者一千三百三十二名。

一千八百六十年，由厦门来一水，由澳门来十四水，由汕头来一水，由小吕宋来一水，合共七千二百二十七名，在船身故者一千零八名，内非命者三十二名。

一千八百六十一年，由省城来二水，由黄埔来二水，由澳门来十二水，合共七千二百六十三名，在船身故者五百二十二名，内自溺者一名。

历年华人来古巴数

一千八百六十二年，由澳门来一水，共四百名，在船身故者五十六名。

一千八百六十三年，由澳门来三水，合共一千零四十五名，在船身故者九十四名。

一千八百六十四年，由澳门来七水，合共二千六百六十四名，在船身故者五百三十二名。

一千八百六十五年，由澳门来十九水，由省城来一水，合共六千八百一十名，在船身故者四百零七名。

一千八百六十六年，由香港来一水，由澳门来三十四水，由省城来一水，由黄埔来六水，由汕头来一水，合共一万四千一百六十九名，在船身故者一千一百二十六名。

一千八百六十七年，由澳门来四十二水，合共一万五千六百五十九名，在船身故者一千二百九十七名。

一千八百六十八年，由澳门来二十一水，合共八千四百名，在船身故者七百三十二名。

一千八百六十九年，由澳门来十九水，合共七千三百四十名，在船身故者一千四百七十五名。

一千八百七十年，由澳门来三水，合共一千三百一十二名，在船身故者六十三名。

一千八百七十一年，由澳门来五水，合共一千八百二十七名，在船身故者一百七十八名。

一千八百七十二年，由澳门来十九水，由省城来一水，合共八千九百一十四名，在船身故者七百六十六名。

一千八百七十三年，由澳门来九水，合共五千四百八十八名，在船身故者四百二十七名。

一千八百七十四年，由澳门来三水，合共二千六百七十七名，在船身故者一百八十六名。

以上共计二十三年，由中国来者合共一十四万三千零四十名。

船上身故者合共一万七千零三十二名。

除身故外，抵古巴者实共一十二万六千零八名。

查光绪六年，华民已在总领事署注册者共四万三千二百九十二名，而一千八百七十七年（即光绪三年）古巴所注阖岛民册内载华民共四万七千一百一十八名，又经总领事署行文日督请将古巴阖岛华民实数照覆，光绪十年二月初四日接到覆文，计开： 古巴华人总数

夏湾拿省华人九千九百零二名。

马丹萨省华人一万九千六百零一名。

便拿弥窑省华人二千四百七十三名。

波都篇斯皮省华人一百七十二名。

山得嘉拉省华人一万零七百零七名。

山地亚的姑巴省华人四百四十三名。

古巴各地华人之数

以上六省共有华人四万三千二百九十八名，计督署送来之册比中国总领事署所注之册所差仅数名，现计华人之在古巴者实尚存四万馀人，溯自道光廿六年起以至同治十二年止（按：1874年为同治十三年），各华人身到古巴者共一十二万馀人，今则仅存四万有奇，此外八万馀人曾经回国者不过百中一二，馀皆陨身异域，邱首难归，良可慨已！兹将光绪六年分已在总领事署注册之华人所属各省名数分别附录：

注册华人广东最多

满洲，壹名。广东，三万八千二百三十四名。福建，三千七百三十三名。广西，三百四十一名。湖南，一百七十六名。江西，一百六十七名。浙江，一百零五名。江南，七十八名。江苏，六十三名。直隶，一十五名。安徽，八名。河南，八名。四川，五名。山东，三名。湖北，三名。贵州，二名。山西，二名。甘肃，二名。云南，一名。安南，一百四十九名（入华籍）。土生，一百九十六名。合计总共华人四万三千二百九十二名。

历查由古巴回国者，光绪六年分共三百名，七年分共二百九十八名，八年分共二百七十五名，九年分共四百六十名，十年分共二百九十六名，十一年分共二百五十六名。

本岛自一千八百八十一年（即光绪七年）改定征收

行街纸税新例，所领之行街纸按照其人年中入息多寡分作七等征收纸税，每年一换。 征税情形

第一等，凡人每年纳正税自五千元以上者，或受薪水或入项至二万五千元者，每人纳税银二十五元，另乡约局费一十二元五角。

第二等，凡人每年纳正税自三千元至四千九百九十九元，或受薪水或入项自六千二百五十元至二万四千九百九十九元，每人纳税银一十二元五角，另乡约局费六元二角五仙。

第三等，凡人每年纳正税自一千元至二千九百九十九元，或受薪水或入项自三千二百五十元至六千二百四十九元，每人纳税银六元二角五仙，另乡约局费三元一角二仙五厘。 纳税等級

第四等，凡人每年纳正税自五百元至九百九十九元，或受薪水或入项自二千元至三千二百四十九元，每人纳税银三元，另乡约局费一元五角。

第五等，凡人每年纳正税自二百五十元至四百九十九元，或受薪水或入项自七百五十元至一千九百九十九元，每人纳税银一元五角，另乡约局费七角五仙。

第六等，凡人每年纳正税自二百五十元以下者，或受薪水或入项自三百七十五元至七百四十九元，每人纳税银七角五仙，另乡约局费三角七仙五厘。

第七等，凡无税可纳之人，而每年受薪水或入项自三百七十五元以下者，及工人每人纳税银二角五仙另乡约局

费一角二仙五厘，此是因长居而论，凡在本岛居住已满三年者谓之长居，其未满三年者谓之寄居，若寄居人之行街纸免纳税费。

领事代领行街纸

新例：凡外国人民转换行街纸，须要本人亲到该管地方官处领取，惟我华人则由中国领事代领，缘华人往日惯受欺侮，难免勒索之弊，领事为保护华人起见，故不辞劳瘁，代为妥办。本署注册初议不收费，惟公事太烦：一增添华洋书识，一购买册纸笔墨，一恤埠中穷民，一助医院经费，一延请律师，一签助善堂，一办公车费，各款甚巨，不得不酌收册费以资弥补，经总领事禀商陈副宪转咨总理衙门，拟定华人注册每名收册费银纸二元，或不用银纸之埠则收实银一元（古巴六省中，惟夏湾拿、马丹萨、便拿弥窑三省通用银纸，其馀俱用实银），年老废疾之人免收，悉蒙核准在案。

该岛风俗

该岛风俗，喜交游，乐宴会，各家每礼拜辄一为茶会以延亲友，男女迭为宾主，少长咸集，或曰借以聚会相择为婚。凡为茶会，约夜间八点钟起，夜半始散，大茶会则彻宵达旦。赴会者男则整齐修洁，高帽黑衣，女则胸背半露，蜂腰长裙。堂上灯色辉煌，铺置整丽，设长筵陈酒果，随意就筵前饮食，座有洋琴，或弹或唱，或跳舞，各得其乐，主人或自歌弹，或演杂剧以娱宾。其跳舞之法，有一偶同跳者，男女互抱，旋舞于室，有四偶和跳者，不搂腰而交相握手，肩摩踵接，如演礼状，乐停舞止，谓之一曲，十（一二）岁子女均得同群跳舞，父母不之禁。

跳舞之法

（英、美等国异是）至其设会，均以女子主客，家无女子辄假比邻戚属庖代以助兴趣。

当领事官抵任之始，岛中官宦及富室巨族久钦我中朝为声名文物之邦，争以识面为荣，得睹汉官威仪为快，遇有宴会，展转相邀，几于座无车公不乐，此间风气，凡有杯酒之交，即认为至好，遇事可以通融，且人心重富轻贫，如出一辙。领事官知其然也，特于光绪六年元旦酬以大茶会一次，通请阖岛官绅富商男女并列国领事，固以联万国之欢心，亦以布中朝之正朔，因各华人出门日久，几忘中国令节矣。斯时代总领事接女客者（岛例：主人无眷属，不能接女客）为本岛副总督嘉衣霞、军器局总办亚利拉、署内翻译官溪理察等眷。是晚赴会者车马喧阗，道途拥塞，行人络绎不绝，署中陈设纯系中国顾绣织金等物，五光十色，簇簇生新，所设筵席备极精美，水师提督又送来官乐一班二十二名，奏于庭庑，悠扬可听，诸客则扶掖杂遝，或跳或坐，主人献酬款洽，备致殷勤，计来会者男妇约二千馀人，凡岛中名望之家皆与焉，欢欣舞蹈，直至天明，次第别去，佥曰华官款客丰隆，待人尽礼，阖岛新闻纸备极揄扬，并有代众官绅鸣谢者。嗣后与各官绅彼此浃洽，办事颇称顺手，此次茶会虽所费不赀，然金钱究非虚掷。（元旦茶会）

本岛向来积弊：华人出入，差役必严查行街纸，街上作小贩者，虽领有牌照，亦刻刻稽查，不堪其扰，华人多惧受累，每赂之以买其欢，差役遂藉为金穴，愈恣其扰，（向来积弊）

诸多阻挠。自有中国领事以来，勒索既无，稽查尤少，华人得以安居乐业，且遇有大小案件，绅则推情，官则按例，无不立刻妥办。查光绪六年夏湾拿一省所犯谋杀命案数十起，白人居六，黑人居四，华人则无一犯者，总按察司因此一事特亲诣总领事署道贺，谓领事政治有方云云，所以领事初次巡查内埠，凡所到之处，官绅恭迎道左，欣欣款留，或阖乡供宴，或阖约设筵，到处皆然，经过火车竟有奉送车票者，土人悦服，于此可见。

设立领事之后

中国长吏，体制尊崇，积威有渐，庶民畏敬，官法易行，若外洋客官只有保护之责，并无惩创之权，况各华人多由诱拐出洋，驱禁疲劳，动染洋习，甚或入教改籍，根本尽忘，更难着手，一切案件，例由地方官办理，设有梗化之徒，领事无从惩治，较中国官之威重令行相隔天渊矣。然古巴华人事无大小皆来领署投诉，且有洋人与华人相争亦求领事办理，一经判断，无不凛遵，亦可见秉公办事者尚有折服群情时也。至于地方官办理华人案件，所有华人笔墨均倩本署代译，审事时亦每借翻译通传，嗣因公事渐多，案牍渐繁，各外埠相隔太远，有事则声气难通，故于光绪七年添设各埠代理人，添设之法：或华人，或洋人，或华洋并理，均择埠中名望素著者充当。自设代理人后，总领事既无鞭长莫及之忧，而各埠华人尤免无所投诉之苦。

设代理人

岛俗有斗牛、斗鸡、斗人等事。斗牛者，人与牛斗，其场以木板为之，形如圆月，内设客位十馀层，每层数十

斗牛习俗

位，以便观者，中设圆围，令牛斗于其内。号筒一响，斗牛者或骑或步，分队而出，骑者长矛甲靴，步者花衣红帕，所骑之马，以布蔽目，使临敌不退，步者引牛以帕，牛见帕则逐，骑者持枪以刺之（牛常被刺跳场外，观者多为所伤），盖骑者以马为护身符，步者以帕为活命计，牛则自顾其身，人则自顾其命，惟马则茫无所见，任人驱策，牛角一起，则马肠迸出，马命休矣，每斗一牛，往往毙四五马，每毙一马，则观者拍掌欢呼，马伤愈多，人心愈快。约一角钟之久，杀牛者方出，右手持剑，左手持帕，向牛脑迎面刺去，牛则迎刃而倒，观者或拍掌助兴，或掷帽以颂其奏技之巧，或赏以钱物，以为天下未有如此之神技，未有如此之乐事也者。夫以杀生而取乐，虐孰甚焉！

斗鸡者，法以雄鸡两头，大小轻重彼此权衡，肥瘦强弱两相比较，或博三数金，或百数十金，鸡爪削如尖刀，以助其威，其斗之势颇类中国斗鹌鹑，惟场中狭隘，人声鼎沸，无非粗俗之徒，不及斗鹌鹑之雅观也。 斗鸡习俗

斗人者，必因两人不睦，各执一是，外人有不能解释者，始各择证人一名、医士一名、契友一名（即中国换帖者），订约斗于何日何处，用何军器，各立誓词，言此事出于情愿，生死于人无尤等语，斗法有以伤为止，有以死为止（如以死为止者，不用医士相随）。然凡有此斗，均秘不外传，泄则恐事不成，虽父母至亲亦事后始悉也，此风官民皆有之，国例严禁，但既立有自愿誓词，亦听之 斗人习俗

而已。

岛俗相见之礼：凡男见男，或男见女，均免冠鞠躬执手（外国皆然）；女见女，初交者起迎握手，深交者接唇搂腰；女子不起迎送男客；女客至，男女均立迎，识面者与之握手，否则候众坐则坐，告别礼亦如之；女子出入，必有父母兄弟或其夫相随，方为合礼（英、美等国异是）。凡嫁娶，男女自择（外国皆然）相悦者，男先问女，或作书为媒（女子不敢造次，男多失信故也），两家谐允，遂成婚娶，男女同诣天主堂，教士祝以吉语，忏以经咒，示以戒条，夫妻跪受，互相握手，祝毕回舍，大会亲朋，富者偕往别国，贫者同赴邻村，或在客寓，或在船上，以行合卺之礼，或数日半月，或一年半载，然后回家，谓之掩丑（外洋多有此例），妆奁良厚，衣服器用纤悉毕备，男家戚友亦添女妆，少为男子助婚费者。生有子女，家产平分。男女均拟二十五岁成丁，已嫁娶与否皆然。男婚后与父母同居者少，与妇家同住者多。父母产业各自积蓄，父先殁则可将父名下所存者分之，母未殁不得分母名下之业也。父母既殁，而子女尚未成丁者，其产业托最近之亲戚代权，至成丁日交回。父母在时，亦可附交产业于子女，惟附交后父母或有欠债，不得将已附之业抵填，故凡欠债重者多设此计以陷人，官不能禁也，且欠债但可告官追讨，而无监追之例，债主惟有听之而已，外国人多受其愚。

岛俗奢华，妇女尤甚，衣裙一袭，动需数十金或数百金，来往应酬，其费尤巨，中富人家夫妻两口月需二百金方能足用，大富人家，日则车马自娱，夜则赴会观剧，夏天避暑，冬际避寒，或周游列国，或剧玩邻乡，衣服时新，首饰时换，一年间费以巨万，故女子择配必以男家富有为期，而男子又病供给之难，且不以嗣续为念，故鳏寡之人甚众（此弊外洋多有，不独古巴）。 岛俗奢华

凡父母拒子女婚姻，例准其子女告诉丁总督之前，总督亲诣其家劝谕，其父母如不听，则自代主婚画押作证，或不告诉总督，男女私约入教堂成礼亦可，父母均不能禁也。然二者必须男子身家清白，能养妻室者方能许可。盖洋俗以夫妻为重，择配必自操权，俾得终身无怨，故父母虽尊，亦难主持其事（例又有侄女可嫁伯叔，谊父可娶谊女，惟必由罗马教主讨取人情方可）。 婚俗

生男产女，辄契一神（俗名洗头）将本神之名以名其子，倩最深交者为之主契，名曰契父，如遇本神之诞，举家庆贺，一若中国贺生日者，国中遇有大神诞，皆放炮升旗以致贺，官不理事。至遇国王、太子等所契之神诞日，官绅与列国领事等均赴总督衙门致贺。

又洋人不重后嗣，所有财产，临终多有尽舍善堂，以为归之一家不如公之于众，善堂例塑善士之像以表其德、以扬其名，万世流芳，远胜子孙之张大其后，此说似是而实则非，夫嗣续不念，子孙遂绝，成何世界哉？ 不重后嗣

居民皆尚天主教，凡庙堂非天主教不许建立，教中虽以天主为正神，而建庙必另立一神为主。每年遇神诞，必

崇尚天主教

张灯结彩，请神出游，伴神者有大和尚及文武官绅老幼男女人等，侍神者拈香执烛，迎神者放炮燃灯，凡耶稣与主神及大和尚过时，无不免冠鞠躬，或屈膝叩首以示敬。庙中入息甚巨，凡冠婚丧葬生产疾病均有例金，一和尚食香一里，一牧师食香一省，一教主食香一国，一教王食香奉教各国兼受本国供养。（耶稣教无此权利）昔天主教王能摄国政，权与国王埒，国是多歧，变由此生，近日国政之权稍削，然俸禄之供、恭敬之礼不敢有缺。国中每遇耶稣受难之期，例斋戒四十天，官民不作乐，正日前后三天，车马亦不准放行。

天主教无分妻例，妻有大恶，只可控之公庭，分居分爨，不能再嫁别夫，夫有不良，例亦如之。

丧葬习俗

岛俗：凡居丧铺陈均用黑色呢绒（此等丧具皆赁于人），灯色画镜不能撤去者障以白布，棺置中庭，两旁多燃白烛，富者棺首开一小窗，镶以玻璃，贫者暂不盖棺以备亲朋观览，各戚友均送讣音一纸，内具死者及丧主各名，并言邀请送葬等语，丧主与吊客均穿黑服相见握手，致唁无哭泣、无拜跪。送棺入土时，以车载棺，或两马四马六马，仵作或四人六人八人，伴棺步行棺车后，有空车一辆，上下盖以黑布，作丧主之车也，无至亲送葬，无女子上坟（英美等国异是）。至坟时，其尸必经国家医士验看，无意外方准安葬，以重民命。富者移棺入庙（庄内有庙），和尚诵以经咒，洒以符水，贫者停棺坟上，和尚亦喃以数语，洒以符水，然后入土。葬棺之冢，其深例六英尺，掩以半灰半土，上盖云石，或建亭台，坟前刻死者名、职、死期。瘗罢各自回家，交厚者九日内复往致唁。丧主例三日内闭门读礼（古例九日，今例三日），服内无宴会，无作乐，父母子女夫妻之丧例一年服（重服六月，轻服六月），兄弟姊妹六月服（重服三月，轻服三月），伯叔侄姨表等三月服，父母夫妇服例虽一年，间有服至十八月或二十四月者，亦有服阕终身不易吉者。如丧夫丧妇欲再嫁再娶，必须三百日后方为合例。儿女十四岁以下无服。富者之丧，非千金不办，贫者亦须数十金，有赁棺载尸，但以肉身安葬，舁空棺而回，以省丧费者，无力埋葬，或死于道路，则发官车，原身入土。洋人清明之日，男女上坟插以香花，植以草木，表其思念，无拜跪，无香烛。丧服内例可嫁娶，故多有居丧而行婚姻礼者，俗谓可慰寂寞，可省宴费，贫富皆然。要之外洋规制，无事不与我中国相反，国政由民而及君，官职重武而轻文，家庭爱妻子而远父母，闺房妇唱而夫随，生育重女而轻男，文字自左而归右，书卷始底而终面，罗盘向北而坐南，男服以纯黑为礼，女衣以露胸为恭，宴会贵主而贱客，位次右尊而左卑，中国礼别男女以避嫌疑，洋人礼以妻女而款男客，至于奇技奇器，中国禁之，洋人尚之，如此之类，不能枚举。

外洋规制无不与中国相反

本岛无制艺机器，工人又多惮烦，虽家常器用，均购于别国，昂贵异常。

读书以学律师、医士为贵，家有二子，每各习其一，

律师医生远胜商贾

盖律师可以为官，医士可以行世，远胜商贾，惟人多职少，学者亦虚有其名。

慈善事业

土人好行其德，多设各项善堂，经费为官民凑集，如有不足则设投物会，先期折柬邀请善士各送物件，凡物一百件设筹数百条，编列号数，例许售筹，不许售物，洋银一元仅购数筹，得采者则照号付物，其售筹付物之人均选世家女子髫年，色美者央人购买，总以多售为荣，入堂之人亦以善事所关，鲜不捐资购取，或遇售筹者素所认识，每倾囊倒箧以博女子之欢，此会一日可集数千金，劝捐速而多。

黄疫症盛行

岛中街衢不洁，水土欠和，除通衢大道外，人多便溺道旁，秽土堆积路上，黄疫症之多，未免不由此而生也。疫症盛于夏天，凡自外国来者，不论官商，初年夏间多避于他国，三两年后方敢长居此地，西班牙人亦沾此症，可保平安者惟土人耳，即土人曾往别国数载而回亦多犯之，其症之惨，外国人视为畏途，独我华人无论由中国何省而来，均不沾染此症，亦云幸矣！

救火会

夏湾拿省居民不过四十馀万，而火灾之多甲于他国，有一月两次或三次，甚有一礼拜两三次者，审所从来，多由阴狡市侩知生意不前，放火避债，或冀借此以生财，良心丧尽，种种不法，国例本严，惟行法极恕，且夤缘可免，故有此弊。幸本处水车会齐心踊跃，一闻警报，立刻齐集，奋力救护，故延烧至三五家者亦甚少，其救火会必须身家清白、有人认保方得入会，每月每人且要捐助银三元，号衣靴帽均由自备，以示急公好义之意（贫者无力捐助，歹者无人认保，故入会者必身家清白且能自顾），国家无以酬劳若辈，特将会中人归入义勇例看待（例凡兵差、义勇，犯罪均格外体恤，其权利比平民大别）。

赌博之盛，莫如吕宋票，吕宋票之盛，莫如古巴，此票官开官售，所入以四分之一拨充国税，馀归中式者。每月开两次或三次，获彩之多寡，总视票数及票价之多寡而定。每年例开红票一次，头彩拟至五十万或百万。其票如不能尽售，国家承之，中有中式，国家得之。不论诸色人等，均可由厂贩票发售，借此糊口者数千人，男妇老幼，不绝于道，喧哗聒耳，甚于中国之卖试录者，贩票例须领牌，牌费每年九元二角，另纳照费六元，限地界发售，越界则罚，惟残疾瞽目则不征费以示恩恤。开票之法，颇称公平，厂内设大小铁线球二个，分置左右，大球载木珠如指头大，其数照票号多寡而定，每木珠刻一票号数，珠心有眼，小球亦载木珠，形与大球之木珠等，其数照中式名数而定，每木珠刻一中式之数，两球底均有小孔，球一转动，滚出木珠一枚。开时诸色人等均可往看，主票者由国家派充，另派委员、局员等以作见证，内有书写号数者数名，有书于纸，有写于板上，另由育婴堂选男童数名年约十一二岁，一司大球，一司小球，其馀侍立候替，如大球出一珠，则司大球者高唱其号，同时小球出一珠，则司小球者亦高唱其数，凡大球所出之珠均有中式，其银数多寡则视乎小球所出之珠何如，如大球所出之珠系一百号，同

赌博之盛

吕宋票开票之法

时小球所出之珠系一万金，则第一百号之票中式一万金矣。每唱一次，彼此将木珠穿于铁线牌内，其牌安置一桌旁，有委员二名专司监察，如唱号之童子或有舛错则代正之，凡唱四十次，则将大小球、木珠匀转一遍以昭公允，唱至百六十次暂停少许，将铁线所穿之木珠首尾封锁，形如算盘子，置之堂上，众目共观，以示无讹，童子换班再行唱号，凡遇中式一千元以上，则连唱二声，五千元以上，连唱三声，另委员帮唱一声，小球之珠尽出，是为一会，其时主票者将封锁之木珠再与写号数之人互相比对，如有书写错误，则照木珠之数更正。夫赌博本为地方之害，而出洋华人好赌尤甚，惟吕宋票中式得采甚巨，刻能致富，华佣多有借中票而得回乡者，且更有一人中票代给数人盘川者，缘外洋谋生每多慷慨好施之辈（初到外国，无不悭吝，泥于积蓄，浸假则豪爽挥霍，前后竟若两人，出门之人多类此），所以光绪十年捐助顺、直赈款及广东防款，半月之间集赀一万四千馀元，十一年复行捐助粤东赈款，亦集赀九千馀元，可见海外华民情殷报效。

经济萧条

自有古巴以来，生意冷淡，觅食艰难，以一千八百八十四年（即光绪十年）为最甚，盖全岛贸易以糖为大宗，原价上糖每磅值银一元，是年因墨西哥、德国等处出糖甚多（别国糖出口无税，古巴糖出口有税，买卖大有区别），于是市价大减，欲售则血本多亏，不售则无门揭借，进退维艰，因之糖寮主多有私逃避债甚或自尽者，糖寮千馀所，工役数万人，寮主如此，工役可知。盖由本岛征税极重，而查察比往日更严，稍有违例，必重科罚，有值数十元之货罚至数千元之多者。兼之夏湾拿省与沙华埠之大银行先后倒盘亏空数百万金，岛中殷商富户、孤儿寡妇所蓄之资多存于此，其中烦难悲苦莫可言状，铺店歇业者十之三四，工艺失业者十之六七，以至民有饥色，野有饿殍，世界愈难，盗贼愈炽，当街截抢、明刃入室日见日多。当时谣言四起，有云攻夺某省，有云烧焚某埠，人心正在徬徨之际，忽于四月初五日午刻公家火药局失慎，顷刻间连炸两局，同时煤气局亦炸，缘火药局内炮码飞入煤气局，洞穿煤镬，以致被焚，霹雳一声，全埠震动，各处屋宇窗扇倒塌无算，是时火光熊熊，莫敢赴救，因左近尚有药局二处，深恐延烧，人心大为惶恐，近地眷宅、行店携男挈女纷纷逃避，悲号之声不绝于道，是役也，丧于局者数十人，受惊或因伤致命者十馀人，尚幸在日间便于走动，脱在昏夜其害有不堪设想者矣，人运地运之厄，于斯已极。现闻日廷尚存恻隐之心，将征税条例略为减少，又责令倒闭之银行酌分成数归结欠户，然未知究竟何如。

由中国往古巴水、陆两途盘费、车脚详列于后，俾出洋者一目了然。（由中国往古巴水陆两途费用）

由香港至日本横滨水程一千六百米（每米约三里三路），快船七日可到，头等客位水脚银五十元，中等无定价，下等二十五元。由上海至日本横滨水程一千二百米，快船六日可到，其水脚与由香港往者同价。

由横滨至旧金山水程四千八百米，快船十六日可到，头等客位水脚银二百五十元，每位行李限三百五十磅，侍役二百三十三磅，如行李过多者每磅加银三仙士，中等客位水脚银八十五元，每位行李限一百七十五磅，下等客位水脚银五十元，每位行李限一百磅（凡搭客位年两岁以下者不收水脚，五岁以下四份一算，十二岁以下折半算，如上等客带有侍役，不论男女老幼均照三份二算，馀则照客位等第定价）。

由旧金山至纽约车路三千三百一十米，快车六日半可到，中车八日，慢车十二日可到，头等客位车脚银一百三十六元，床铺费约十八元，饭餐每次一元，限行李一百五十磅，过多者每百磅加银五元；二等客位车脚银一百零五元，无床铺，饭餐每次七角五仙；三等客位车脚银七十一元五角；四等客位车脚银六十五元，无床铺，饭餐自备，俱限行李一百磅。

由旧金山至纽阿连车路二千四百九十五米，快车四日零六点钟可到，慢车五日可到，头等客位车脚银八十六元三角五仙，床铺费十五元，饭餐每次七角五仙，限行李一百五十磅；中等客位车脚银七十五元，无床铺，饭餐自备；下等客位车脚银五十元，有板床不计费，饭餐自备，俱限行李一百磅。

由纽约至古巴夏湾拿水程一千二百三十九米，快船约四日可到，上等客位水脚银五十元，下等客位水脚银二十五元。

由纽阿连至古巴夏湾拿水程七百五十米，快船三日可到，上等客位水脚银三十四元，下等客位水脚银一十七元五角。

近日纽阿连船车公司揽载搭客，可由古巴直抵香港或由香港直抵古巴（上等客位银四百三十四元，下等客位银一百一十元），其价甚属相宜，惟古巴至纽阿连轮船每年洋十一月开行，至洋四月底止，缘纽阿连近美国之南，热症时发，古巴黄疫流行，恐被传染，故凡有古巴船只由夏、秋之间前往该埠者，到后须湾泊口外十馀天，查明船上之人毫无病症，方准登岸，诸多不便，故各公司于夏、秋两季均停轮不往。

轮船进港前检疫

水陆两路各公司所录远近不一，取价亦时有涨落，以上所登仅详其大略，凡携行李必须格外坚固，箱箧以原身出锁以帆布包裹为妙，箱面宜兼用洋字书写己名、编列号数，俾洋人易于检点，不致混乱，盖船车迁运行李均限以时刻，而搬运行李之人不顾物件之精粗，轮流抛掷，取其快便，火车尤甚，箱箧稍不坚固即被破坏，不独损资，且致乏用，凡出外洋者不可不慎。

携带行李须知

光绪五年，乾初随使古巴，承乏译务，是时总领事官为刘君湘浦，领事官为陈君蔼廷，开办之初，该岛情形，诸未谙熟，乾初不敢辞劳，博访岛中风俗、人情，缕析条分，期知设措，积日既久，遂成约帙，颜曰《古巴杂记》，自愧蹄涔陋学，笔墨素非所长，况所录诸条，不过随见闻所及笔之于书，以故散而无纪，弇而无文，只期采录无讹，庶几稍尽厥职云尔。

光绪十三年，岁次丁亥春日，顺德谭乾初跋尾。

谭乾初古巴杂记

译名简释

三画

三地亚的姑巴

古巴圣地亚哥．德．古巴省

三宝垄

印尼城市名

山地亚告地罗士班也士

不详

山得嘉拉

古巴圣克拉拉省

小吕宋

吕宋岛

马丹萨

古巴马坦萨斯省

马得力城

Madrid，西班牙首都马德里

四画

巴泗未

南洋地名，具体所指不详

日斯巴弥（尼）亚国、日国

Espana，西班牙

五画

占觅架

Jamaica，牙买加

北阿墨利加、北亚美利加洲

北美洲

仙土

Centavos，古巴货币单位

乎罗列打

Florida，佛罗里达（美国）

七画

纽阿连

New Orleans，新奥尔良，美国城市

九画

南阿墨利加、南墨洲、南亚美利加洲

即南美洲

便拿弥窑

古巴比那尔德里奥省

架啡

咖啡

结方

平方

十画

夏湾拿

Havana，古巴首都哈瓦那

高林卑

Columbus，哥伦布

十一画

域多利

代指英国。维多利亚女王（1837—1901 年在位）统治期间，是英国最强盛时期

雪梨

南洋地名，具体位置不详

十二画

散到道明古

Santo Domingo，圣多明各

十三画

新金山

指澳大利亚的墨尔本，该城和美国旧金山（旧金山）均为海外华人聚居城市

新架坡

Singapore，新加坡

十五画

噶拉巴

南洋地名，具体位置不详

暹罗

Siam，泰国古称

走向世界丛书一百种

初编三十五种以＊标出

谢清高 海录
＊ 容　闳 西学东渐记
＊ 林　鍼 西海纪游草
＊ 罗　森 日本日记
＊ 斌　椿 乘槎笔记
＊ 张德彝 航海述奇
＊ 王　韬 漫游随录
＊ 志　刚 初使泰西记
＊ 张德彝 再述奇（欧美环游记）
＊ 张德彝 三述奇（随使法国记）
王　芝 海客日谈
＊ 祁兆熙 游美洲日记
＊ 李　圭 环游地球新录
＊ 郭嵩焘 伦敦与巴黎日记
＊ 张德彝 四述奇（随使英俄记）
＊ 黎庶昌 西洋杂志
＊ 刘锡鸿 英轺私记
李凤苞 使德日记
钱德培 欧游随笔
＊ 何如璋 使东述略及杂咏
＊ 张斯桂 使东诗录
黄遵宪 日本国志
＊ 黄遵宪 日本杂事诗〔广注〕
陈兰彬 使美纪略
＊ 曾纪泽 出使英法俄国日记
＊ 王　韬 扶桑游记
＊ 徐建寅 欧游杂录
谭乾初 古巴杂记
王之春 谈瀛录
＊ 李筱圃 日本纪游
池仲佑 西行日记
蔡　钧 出洋琐记
袁祖志 瀛海采问纪实
张祖翼 伦敦竹枝词
王以宣 法京纪事诗
潘飞声 西海纪行卷
潘飞声 柏林竹枝词
潘飞声 天外归槎录
张荫桓 三洲日记
邹代钧 西征纪程
王咏霓 道西斋日记
张元济 环游谈荟
余思诒 楼船日记
缪祐孙 俄游汇编
张德彝 五述奇
＊ 傅云龙 游历日本图经馀记
傅云龙 游历美加等国图经馀记
洪　勋 游历闻见录
崔国因 出使美日秘国日记
＊ 薛福成 出使英法义比四国日记
＊ 薛福成 出使日记续刻
陈道华 日京竹枝词

严　修 东游日记
姚鹏图 扶桑百八吟
凤　凌 游馀仅志
* 黄庆澄 东游日记
吴宗濂 随轺笔记
宋育仁 泰西各国采风记
王之春 使俄草
伍廷芳 美国视察记
* 蔡尔康等 李鸿章历聘欧美记
张德彝 六述奇
刘学询 考察商务日记
黄　璟 考察农务日记
罗振玉 扶桑两月记
罗振玉 扶桑再游记
丁鸿臣 东瀛阅操日记
沈翊清 东游日记
* 梁启超 新大陆游记
张德彝 八述奇
载　振 英轺日记
吴汝纶 东游丛录
双　寿 东瀛小识
缪荃孙 日游汇编
周学熙 东游日记
* 单士厘 癸卯旅行记
凌文渊 籥盦东游日记
张　謇 癸卯东游日记
蒋　煦 西游日记
王景禧 日游笔记
陈　琪 环游日记
* 康有为 意大利游记
康有为 德意志等国游记
康有为 英国游记
* 康有为 法兰西游记
韩国钧 实业界之九十日
李濬之 东隅琐记
盛宣怀 愚斋东游日记
* 戴鸿慈 出使九国日记
金　鼎 随同考察政治笔记
* 载　泽 考察政治日记
程　淯 丙午日本游记
康有为 西班牙等国游记
杨泰阶 东游日记
文　恺 东游日记
左湘钟 东游日记
吕珮芬 东瀛参观学校记
* 林汝耀 苏格兰游学指南
* 单士厘 归潜记
金绍城 十八国游记
附 艾儒略 职方外纪
附 南怀仁 坤舆图说
附 丁韪良 西学考略
附 艾约瑟 西学启蒙

图书在版编目(CIP)数据

使美纪略/(清)陈兰彬著. 古巴杂记/(清)谭乾初著.
—长沙:岳麓书社,2016.9
(走向世界丛书/钟叔河主编)
ISBN 978-7-5538-0639-6

Ⅰ.①使... ②古... Ⅱ.①陈... ②谭... Ⅲ.①日记—作品集
—中国—清代 Ⅳ.①I264.9

中国版本图书馆 CIP 数据核字(2016)第 179610 号

SHIMEI JILUE GUBA ZAJI

使美纪略·古巴杂记

作　　者:陈兰彬　谭乾初
校 点 者:赖某深
责任编辑:杨云辉
责任校对:舒　舍
封面设计:吴颖辉　贺红梅

岳麓书社出版发行
地址:湖南省长沙市爱民路 47 号
直销电话:0731—88804152　88885616
邮编:410006
岳麓书社网址:www.yueluhistory.com

2016 年 9 月第 1 版第 1 次印刷
开本:890×1240　1/32
印张:5.625
字数:125 千字
印数:1—3 000
ISBN 978-7-5538-0639-6
定价:35.00 元

承印:长沙超峰印刷有限公司

如有印装质量问题,请与本社印务部联系
电话:0731—88884129